DEUS, O QUE QUER DE NÓS?

IGNÁCIO DE LOYOLA BRANDÃO

DEUS, O QUE QUER DE NÓS?

1ª edição

São Paulo
2022

global
editora

1ª Edição, Global Editora, São Paulo 2022

Jefferson L. Alves – diretor editorial
Gustavo Henrique Tuna – gerente editorial
Flávio Samuel – gerente de produção
Vanessa Oliveira – coordenadora editorial
Nair Ferraz – assistente editorial
Flavia Baggio, Juliana Tomasello e Amanda Meneguete – revisão
Ana Dobón – diagramação
Victor Burton – capa
Danilo David – arte-final

Dados Internacionais de Catalogação na Publicação (CIP)
(Câmara Brasileira do Livro, SP, Brasil)

Brandão, Ignácio de Loyola
Deus, o que quer de nós? / Ignácio de Loyola Brandão. — 1. ed. — São Paulo : Global Editora, 2022.

ISBN 978-65-5612-319-6

1. Distopias na literatura 2. Ficção brasileira I. Título.

22-113278 CDD-B869.3

Índices para catálogo sistemático:
1. Ficção : Literatura brasileira B869.3
Aline Graziele Benitez - Bibliotecária - CRB-1/3129

Obra atualizada conforme o
NOVO ACORDO ORTOGRÁFICO DA LÍNGUA PORTUGUESA

Global Editora e Distribuidora Ltda.
Rua Pirapitingui, 111 — Liberdade
CEP 01508-020 — São Paulo — SP
Tel.: (11) 3277-7999
e-mail: global@globaleditora.com.br

globaleditora.com.br
@globaleditora
/globaleditora
@globaleditora
/globaleditora
/globaleditora
blog.grupoeditorialglobal.com.br

Nº de Catálogo: **4586**

Para meus filhos
Daniel, André e Rita
e também
Terezinha e João Gianesi
Sueli e Ivo Szterling
Marilda e Zezé Brandão
Angela e Antonio Claudio Mariz de Oliveira,
e sempre Márcia.

DEUS, O QUE QUER DE NÓS?

Como chegar
Ao fundo do poço
Sem perder de vista
As estrelas?
(Aldisio Filgueiras em *Cidades de puro nada*)

Moro na minha cabeça
e acho a vizinhança bem estranha.
(Tati Bernardi em uma crônica da *Folha de S.Paulo*)

Querido amigo, não ouso escrever aqui estamos "vivendo", porque a vida – ah, essa! – parece ter ficado perdida em algum lugar.
(E-mail da *videomaker* Laine Milan ao autor)

Deitou-se, mas deixou aceso o quebra-luz azul, na cabeceira de sua cama. Disse: "Há uma coisa que não entendo. Por que Deus não diz claramente o que quer de nós?"
(Simone de Beauvoir em *As inseparáveis*)

A SUSPENSÃO DO TEMPO

Pessoas como nós,
que acreditam na Física,
sabem que a distinção entre
passado, presente e futuro
é apenas uma ilusão
teimosamente persistente.

ALBERT EINSTEIN

(Placa na entrada da exposição *Contar o tempo*,
no Centro Universitário Maria Antonia, USP.
São Paulo, abril de 2022.)

O PORTAL
FICA A 971 METROS
DE MINHA BANCA.
MAS NINGUÉM SABE
O QUE O PORTAL SIGNIFICA,
POR QUE ESTÁ ALI,
O QUE DIVIDE.

CIAO, BELA CIAO, CIAO, CIAO

"Não entendo, amor. O que está acontecendo? O quê? Alguém sabe? Me explica." Foi a última coisa que ouvi dela. Depois, nem uma palavra. O cemitério tinha chegado aos limites da cidade, a 2 quilômetros do Portal, quando levei o corpo de Neluce, minha mulher. Carreguei-a num carrinho de mão; é o que todos fazem.

No cemitério, fui a um lugar distante, quase na última fila de sepulturas. Cheguei lá exausto. Fiquei parado um tempo, até o cansaço ter-se diluído e meu coração deixado de bater esquisito. Então, antes que a noite chegasse, abri a cova. Eu mesmo. Pela inexperiência com pá, enxadão e picareta, demorei. O solo era pedregoso. Fiz tudo muito, mas muito, devagar, por não querer deixar minha mulher naquela sepultura.

Não fazia sentido Neluce ter morrido. Pela minha idade, eu deveria ter morrido antes. Mas, hoje em dia, ninguém procura saber se as coisas têm sentido. Lancei um ramo de buganvília sobre minha mulher, fechei com terra, joguei cal por cima. Tudo era branco naquele lugar. Calmo. Ao lado do túmulo – e nem sei quanto tempo vai ficar ali, impressiona o que há de vândalos neste mundo –, coloquei um vaso azul com a muda de uma viuvinha, trepadeira também chamada de rosália, que dizem trazer serenidade aos que a rodeiam, segundo a poeta e crítica literária Maria Esther Maciel, que Neluce tanto amava e vivia a ler. Tirei da capa o violoncelo dela, uma de suas paixões, sonhava tocar na Osesp, e coloquei de pé, amparado em um galho. Ninguém está interessado em roubar um violoncelo. Para quê? Tocar para ninguém?

Depois, seguindo o costume solidário, levei o carrinho de volta àquela praça onde quem precisa de um vai procurar. Há centenas de carrinhos de pedreiro ali, porque faz muito tempo que não se constrói nada.

Tenho levado ao cemitério vasos de jasmim. Neluce adorava essa flor. Sentia-se inebriada pelo perfume intenso e se lembrava do breve período em que moramos em Roma e, quase toda noite, passeávamos à beira do Tibre numa rua arborizada com jasmins – os *gelsominos*. Ela também adorava Gelsomina, a personagem vivida por Giulietta Masina em *A estrada da vida*, de Fellini. Tinha sido uma época em que bebíamos garrafas de Primitivo di Manduria. Pena que as casas de vinho desapareceram. Em pouco tempo fecharam, depois de movimento intenso, porque todo mundo bebeu muito durante a pandemia, que a imprensa chamava de Funesta.

Não havia caixões. Não há mais quem faça, nem sequer existe madeira para fabricá-los. Parte do que tinha restado da Floresta Amazônica e da Mata Atlântica foi utilizada em esquifes, como escrevia pedantemente a imprensa. Houve quem usasse *ataúdes*. As palavras se esgotaram ante a imensidão de mortos.

Faz anos que os cadáveres embrulhados um a um vêm sendo envoltos em mortalhas, lençóis, encerados, lonas, toalhas de mesa ou de banho, plástico, papel-manteiga, sacos de farinha. Havia gente que vivia de casa em casa recolhendo jornais velhos, mas os jornais deixaram de circular. O que cada um encontra, usa, pouco importando o quê. Vi cadáveres embrulhados em folhas de bananeira, como se fossem iguarias para assar com brasas por cima. Os mais recentes têm sido envoltos em papel-alumínio.

Fiquei atarantado. Para mim, era impossível que Neluce morresse. Só que, todas as vezes em que pensei nesse momento, imaginava-o assim. Com esse ritual particular. Tudo ficou confuso sem ela. Ainda a vejo atravessar a sala para a varanda. Fazer suco no liquidificador. Esperar um café na caneca amarela. Sentar-se ao computador, feliz quando, nas tardes de verão, eu lhe levava uma laranja-lima gelada, já descascada. E nós dois na janela olhando os outros prédios, durante meses e anos, vendo as luzes que se extinguiam nos apartamentos, talvez quando as pessoas morriam.

Meu temor era – e ainda é – que violassem o túmulo. Então vesti Neluce com sua melhor roupa e a embrulhei num cobertor grosso de lã, português, o mais quente que tínhamos para as noites de inverno. Tão poucas foram as noites de frio! Era o tecido mais resistente que havia em casa. Depois a envolvi em rendas de

Burano, a ilha que fica perto de Veneza e que ela tanto amava. Por fim, amarrei-a com um cordão de couro, que eu tinha desde a adolescência – meu avô era seleiro – e que não sei por que havia guardado. Todo dia encontro em casa coisas que não tenho a mínima ideia do que são. Bem que Neluce dizia:

— Você é um acumulador.

Então desembrulhei tudo. Queria olhar mais uma vez para o rosto dela, ainda que me incomodasse a tristeza de seus traços, repuxados, contraídos. Neluce deve ter sofrido querendo respirar. Quando ela morreu, devo ter ficado muito, muito, muito, muito transtornado. Nem sei quanto, porque passei dias catatônico.

Foi uma cerimônia entre nós dois. Afinal, estávamos acostumados a ficar muito sós e muito juntos, quase grudados, durante doze anos, sete meses e cinco dias, enquanto o país era devastado pela Funesta, como a chamaram os cientistas. Esperem, eu tinha dito que foi a imprensa? Já não sei.

Assim que terminei a cerimônia, me despedi de Neluce, como fazia todas as noites. Nunca tínhamos deixado de dizer "até amanhã" um ao outro.

Esta manhã, Neluce não respondeu ao meu bom-dia. Tenho acordado muitas vezes com os gritos dela – "Não quero morrer, não quero, não vou, pare de me embrulhar nesses panos, nesses papéis, estou viva, Evaristo, viva, viva!" Neluce, preciso fazer isso, tem gente roubando cadáver. Violando sepulturas. Para quê? É o que me pergunto. Estaria ela ainda viva quando a enterrei?

Segundo as estatísticas do instituto demográfico, que muitos dizem funcionar como se estivesse na Idade da Pedra, há 213 milhões de túmulos esparramados pelo Brasil, em distância exata um do outro. Obedecem às medidas estabelecidas pela Organização Mundial da Saúde, que eram as mesmas determinadas entre as pessoas quando todos estavam vivos e a Funesta começava a se espalhar à velocidade da luz (ou do som? Não sei qual é mais rápido). E o Destemperado, animal raivoso, negando, vociferando.

De modo que a população agora está quase toda debaixo da terra. Somos um país subterrâneo. Porque há os que vivem em bunkers, aos quais – diziam os cientistas ainda vivos – o vírus não teria acesso. Os que estão nos bunkers sabemos que foram políticos, deputados, senadores, ministros e seus assessores. Nós, que sobrevivemos, vivemos sobre nossos mortos. Por que uns morrem logo e outros permanecem sem contágio? Não há como saber.

Porque há uns poucos (quantos?) que ainda vivem nesses bunkers, aos quais – diziam os cientistas negacionistas que tinham todos os privilégios e não se exilaram – o vírus não tem acesso. Nós, que sobrevivemos, existimos sobre nossos mortos. Como? Vivemos a época das perguntas sem respostas.

Antes de fechar o túmulo, tirei a aliança do magro dedo de Neluce. Era de ouro branco. Tinha comprado em um de nossos aniversários de casamento. Qual? Ainda bem que ela nem imagina que perdi a conta. Mandei colocar uma "pedra" minúscula, que um relojoeiro do bairro lapidou a partir do fundo grosso de um antiquíssimo litro de leite. Do tempo em que os litros de leite de vidro eram deixados nas nossas portas de manhã e ninguém roubava.

— Finja que é um brilhante – eu disse.

Ela sorriu.

— Fácil fingir, meu querido. Há quanto tempo fingimos que estamos vivos?

O CARACOL SOBE O MURO

O caracol sobe o muro, deixando uma fina esteira de gosma. Está a 21 centímetros do solo. Faz três dias que não olho para ele.

AGORA VOCÊ TEM SILÊNCIO

Bom dia, Neluce.

Meu amor. Consegue sentir, meu bem? Agora é um silêncio avassalador em volta de você. *Avassalador* é uma palavra que Itamar, o moldureiro de quadros, homem de bom gosto, adora. Tudo é avassalador para ele.

Antes o silêncio incomodava, nos dava a sensação de que viria algo ruim. Silêncio era aquele espaço entre uma e outra martelada do bate-estacas. A segunda era mais forte. A terceira mais ainda, e doía muito no ouvido. E assim ia aumentando, à medida que o equipamento encontrava terreno compacto, até o ruído se tornar insuportável. Naqueles primeiros dois anos da Funesta, segundo leem na mídia, foram erguidos em São Paulo mais de 2 mil edifícios. O barulho dia e noite nos dava a sensação de uma batalha sem fim, noite e dia, noite e dia. "Quem vai comprar tudo isso?", indagávamos. Ninguém respondia, jamais se respondeu a uma única pergunta neste país. Como vibramos naquela tarde em que um homem desvairado não suportou e foi para a rua com um rifle e atirou contra os caminhões de concreto, contra os caçambeiros e pelo meio-fio escorreu a enxurrada de cimento misturado ao sangue.

Aqui, meu amor, você está em paz.

E SE ELA NÃO MORREU?

Esperei até a noite à beira da sepultura. Pensava: e se ela não morreu e acorda encerrada no caixão? Desesperada, vai gritar, arrancar as unhas, os dedos tentando abrir a tampa. Ela sofria de claustrofobia, temia lugares que parecessem sem saída. Não, não havia tampa. Ficou enrolada em panos. E se os panos impedirem sua voz de chegar até mim?

Por isso a enterrei quase na superfície, mesmo com medo de que violassem o túmulo. Para quê? Há tantos em volta, por que escolheriam Neluce? Pela aliança?

Hoje se rouba e se mata por qualquer coisa.

Dois dias depois, com fome, sede, a boca seca, achando-me perdido no mundo, decidi que era melhor ir embora dali. Estava com uma enxaqueca fortíssima. Talvez Neluce não tenha morrido, foi um pesadelo, está em casa, me esperando, preocupada, imaginando onde estou. Tomara que não tenha saído à minha procura, buscando amigos e conhecidos, perguntando por mim. Se foi assim, ela deve me odiar na certeza de que a matei, de que me desfiz dela, e nunca vai me perdoar.

A fome me faz delirar. A sede é este deserto. Aqui foi um canavial gigantesco, no caminho para Minas Gerais, seguindo a antiga rodovia Fernão Dias. Depois plantaram soja, e agora arrasaram tudo para enterrar as pessoas. Matei Neluce, ela estava viva, e eu a matei. Preciso voltar e desenterrá-la. Mas... e se não matei? E se a peste é verdadeira e não um resfriadinho e todos têm de morrer? Será melhor que eu a tire daqui e a leve para casa, deixando-a dormir o quanto quiser?

A SINFONIA DOS CELULARES MORTOS

Não sei quem foi, talvez o Itamar, quem chamou aquela colina sombria de Calvário das Sete Palavras. Uma ironia, vejam só, ainda temos força para ironizar. *Calvário*, se ainda me lembro das aulas de etimologia – vejam a minha idade –, significa *careca*, mas também está ligado a *caveira*. Entrou na *Bíblia* com o significado de *martírio*. Esta talvez seja a melhor definição para essa colina que fica além do Portal. Martírio das palavras não ouvidas, de milhões de mensagens, de *fake news*, de fotografias familiares e filhosdaputa, de canalhices, de insultos, calúnias, beijos, declarações de amor, pedidos de delivery, palavras de amor perdidas. Aquela colina foi crescendo à medida que os celulares iam sendo descartados e algum departamento tecnológico considerou que eram material tóxico e descartou tudo ali, distante dos limites da cidade. Dali vinham estranhos ruídos – e quantas vezes eu tinha certeza de que a união de todos os ruídos formava uma sinfonia musical de vanguarda, que encantava e amedrontava Neluce, ainda que eu dissesse que celular sem chip era morto, calado, inútil. "Quem sabe, não! Quem garante o quê?", ela gritava, e eu tinha medo de que ela estivesse perdendo a razão pouco a pouco.

UM DIA A CASA VIRA UM CHIQUEIRO

— Evaristo, percebeu, se é que você percebe alguma coisa, que aquela colher está há dois dias no chão da sala?

— Percebi, mas qual o problema? Você sabe que a minha lombar não me deixa abaixar, se me abaixo, não levanto. Além disso, há quantos anos não entra uma pessoa nessa sala?

— Não é quem entra, somos nós dois. Respeito a nós mesmos.

— Por que essa raiva?

— Não é raiva... Você não entende... Hoje é uma colher, amanhã uma cueca, depois um prato sujo em cima da mesa, ou um penico, se é que ainda existe. Evaristo, me olhe, não desvie a cara. Um dia, a casa vira um chiqueiro, imundo. Suportamos tantos anos, tentemos mais um pouco.

— Não sei se vou tentar, Neluce. Não aguento mais, vou desistir.

— Desistir? E eu, como fico?

— Não sei como vamos ficar, nem você, nem eu, nem os poucos que sobram nesta cidade à nossa volta.

NOITES PASSADAS JUNTO À JANELA

Ruído de chave, sobressalto. Estão entrando em casa? Noite alta, estou acordado. Desde que levei Neluce para além do Portal, passo as noites aqui junto à janela. Olho a rua, como fazíamos os dois, a conversar, ou apenas a olhar um para o outro. Habituamo-nos a olhar para o nada. Já olharam para o nada, até ele entrar dentro de vocês? De vez em quando, um motoqueiro. Ou um pequeno grupo a forçar portas. Arrombam, entram, se apossam, permanecem. É natural. Madrugada alta – e o que vem a ser madrugada alta ou baixa ou meio da madrugada? –, vez ou outra, vem um sujeito bebendo cerveja e depois vai chutando a latinha, até sumir de vista. Aqui ficávamos nesta janela por horas, não tínhamos sono, trocávamos algumas palavras, eu me lembrava de um momento, como a ida a Óbidos, ela trazia a tarde em que compramos todos os tecidos coloridos das lojas de Burano. Uma vez, hesitou e propôs: "E hoje, está disposto? Vamos tentar?" Certa vez me olhou firme, sorriu: "Olhe que arranjo um amante". Outra me questionou: "Você nunca procurou saber de seus filhos, nem sabe onde estão. O que significa?" Sim, queria saber o que significa. Frieza, falta de amor, indiferença, que tipo de pessoa sou, egoísta, ególatra, egocêntrico, desumano. Tudo isso e amoroso, tanto que choro às vezes ao me lembrar deles. Quando amanhecia, íamos dormir, dormíamos pouco. O que mais gostávamos eram daqueles momentos da noite em que conversávamos, lembrávamos, chorávamos, sonhávamos, ríamos. Sim, ainda tínhamos sonhos, viagens, passeios, por que nunca fomos ao Deserto de Atacama, ou à Patagônia chilena, onde os vinhos são (ou eram) tão bons, ou voltamos ao Piauí? Fazer o que no Piauí? A chave girou duas vezes, Neluce chega na sala, vai direto à janela, então, está aqui, não ficou onde a deixei, protegida de violadores de tumbas. Ela não me olha, contempla a rua, onde nada há para contemplar. Na verdade, perdemos o interesse por tudo. Todos perderam. A sensação de que tomamos uma poção mágica e ficamos inertes, letárgicos.

— Perdeu o sono, meu amor?

Ela não me olha.

— Quer alguma coisa? Tem fome? Tenho uma pera.

Pareço não existir, mas me calo, ela tem esses períodos, fica na dela, mergulhada sei lá onde, pensando o quê. Melhor deixá-la, um dia ela decide falar comigo. Se decidir.

A ÚLTIMA PASSAGEM DE LGBTQIA+

— Venha, Neluce, corra, corra ou você vai perder.

—

— Neluce, venha logo, está acabando.

—

— Eles são cada vez menos. Muitos fugiram do Brasil, muitos foram assassinados por milicianos, homofóbicos, machos, pastores a serviço do senhor, aqueles que cobram dízimo para você entrar no céu, curar tuas doenças, conseguir a paz, *money*, *money*, *money*, seguidores do Desatinado que gritam do seu curral diante do palácio: merda de gente, lésbicas, veados, maricas, bostas, engolidores de rolas, roça-roça de xoxotas, viva Deus, que criou o mundo!

— Não disse, meu amor, eles se foram. Os últimos LGBTQIA+. Nunca pensei que fossem tantos, além dos que já morreram. Lembra-se como o Desatinado reclamava? Não há como enterrar os machos e brancos, imaginem esses nojentos. Como ele odiava essa gente. Queria uma nação de fortes, saudáveis, bem armados. Como um veado vai segurar fuzil? O coice acaba com ele! Passaram por aqui aos milhares, caminhando com dificuldade, agarrados a pedaços de não sei o que, comendo não sei o que, indo não sei para onde.

— Você precisa sair desse quarto, meu amor. A vida acabou para você? Não tem mais nenhum interesse em nada. Onde está aquela minha Neluce? Onde está?

MUITO AJUDA QUEM NÃO ATRAPALHA

— O que é isso, Evaristo? Vai passar sabão no pão?

— Sabão? Isso é a manteiga, estava no armário debaixo da pia.

— Manteiga? É sabão orgânico que a dona Amália fabrica e entrega de casa em casa. Bom e barato.

— Sabão? Mas é igualzinho manteiga cremosa, amarelada.

— Vocês, homens!

— O que tem?

— Você nunca entrou nesta cozinha, agora não sai daqui, fica rondando.

— Queria ajudar.

FIOS SOLTOS DAS REDES

Dos postes e do emaranhado caem os fios elétricos, ou de telefones fixos (ainda existem?), das televisões por assinatura, e tantos mais que não sabemos para que são, para que servem, caem como cabelos grossos, sujos, alguns desencapados, tocam uns nos outros e produzem faíscas, soltos no ar, vez ou outra alguém, por descuido ou curiosidade, ou mesmo cansaço, toca de propósito nos fios desencapados e arde em chamas, transforma-se em cinzas.

AGORA DEIXO EM QUALQUER LUGAR

Neluce, você finge que não sai mais do quarto, mas em algum momento vai sair e encontrar meus bilhetes no mesmo lugar onde sempre deixei. O de hoje diz: *Sei que o passado não volta, nem quero, mas ele está sempre presente.* Já passei pelo meu próprio passado várias vezes, estou querendo voltar à tarde em que te encontrei. Você entende isso ou é uma besteira?

O JEANS RASGADO NO JOELHO

Estávamos na Longchamp, lanchonete descolada da rua Augusta, há muito tempo, quando ainda era a rua das butiques elegantes e dos cinemas de arte, e aquele foi o começo, quando vi que estava apaixonado por você, Neluce. Início de tudo, nosso primeiro encontro em São Paulo. Depois que te vi naquele domingo de Carnaval, no júri de fantasias infantis – e o que eu fazia naquele júri? –, eu tinha ligado, ligado, ligado, nem sei como consegui o seu telefone, e você me disse na cara: "Que saco, está bem, vamos lá, vamos decidir logo esta merda, você não vai largar do meu pé, não quero nada, vamos resolver, você é um pé no saco, caceta! Que sujeito insistente, nem sabe quem sou, se casada, noiva, separada, sapata, *drag*. E se eu fosse trans, o que você faria? E se eu gostasse é de mulher?"

A lanchonete era frequentada por gente que eu olhava com ressalvas, babaquice minha, ressalvas, veja só, preconceito, implicância. Ali estavam atores, jornalistas, diretores não sei do que, modelos, relações públicas, artistas plásticos, garotas de programa, poetas novíssimos, desempregados, uma gente que se comunicava por códigos próprios, eu não decifrava nada, naquela altura era estagiário em uma agência de casamentos, promovia contatos.

E eu ali, peixe fora d'água. Queria te agradar, procurava fazer tudo para entrar no teu círculo, na sua tribo, e aquele era um bom lugar, eu muito nervoso, precisava que você gostasse. Você falava, falava, conhecia muitos ali, me admirei com seus relacionamentos, todos vinham ao balcão falar contigo, você era solta, expansiva. Mas comigo era seca, indiferente, parecia não me ver, o que me excitava mais, preciso romper essa barreira, jurei. Mais tarde aprendi que você, Neluce, era assim mesmo, saltava de um momento intenso para o silêncio, o distanciamento, o não me enxergar. E me acostumei com isso, era bom assim, porque eu também sempre tive isso de ficar só comigo mesmo, distante, na minha. Aprendemos isso, você na sua, eu na minha. Nós dois na nossa, e não fosse isso, você-você, eu-eu, eu-você, você-eu, durante essa pandemia teríamos nos matado. Mas foi esse nosso jeito de ser, cada um na sua, um na do outro, que nos permitiu suportar estes anos furiosos, a cada dia perdendo células de nós mesmos.

Naquele final de tarde, fiquei preocupado, você estava indiferente – ou eu que assim imaginava? – comigo. Falante com os que se aproximavam, me ignorando, desconfiada, expansiva, distante. Meu Deus, eu pensava, quantos registros ela tem e como consegue abrir e fechar com tanta intensidade? No entanto, a certa altura, você me olhou, esqueceu que abriu a guarda, viu que eu estava dentro, não era rejeitado.

Foi uma nesga de luz. Breve faixa de claridade, consegui captar, e trouxe até hoje, quantos anos já, deliciosos e atormentados anos. Naquele final de tarde, ali na Longchamp, nem sei se ainda existe, nunca mais passei por aquele lado, nos últimos anos não saímos de casa, tanta coisa se acabou, principalmente vidas.

De repente, naquele final de tarde – ou já era começo da noite – você pediu uma margarita com tequila Don Julio, coisa de quem conhece, de quem gosta. Depois, veio uma salada de folhas verdes com lulas *dorê* crocantes, e em seguida um hambúrguer, era o começo das hamburguerias na cidade, e aquele era especial, e você se deliciava com a carne tenra malpassada e molhos diferentes e intensos, *barbecue* americano. Aí me assustei, você mandou vir uma lasanha branca, especialidade da casa, lasanha de ricota com molho branco, achei horrível, lasanha tem de ser com carne e molho de tomate vermelho. "Você é um panaca", me disse, rindo, e percebi que estava apaixonado. Pode alguém se apaixonar enquanto é xingado de panaca? Você disse panaca – não sei, agora – ou me chamou de babaca? Foi tudo muito esquisito, só sabia que estava apaixonado, como ainda estou agora, quantos anos depois, Neluce? Quantos? E porque saímos da Vila Madalena com seus bares e viemos para cá, isso sumiu de mim. Esta região era chamada de fronteira, mas acertamos a vida aqui, de um jeito todo nosso.

Onde você está? Onde se escondeu? Continua no quarto? Por que se fechou? Mas desconfio que nesse quarto não há ninguém. Nem imagina o meu medo de entrar aí, era nosso quarto, quantos anos dormimos juntos. E se entro e você não está? O que faço?

Nossa, como tínhamos fome naquela tarde, e veio aquela lasanha polvilhada com grana padano. Você me serviu um pedaço e nossos dedos se tocaram, segurei sua mão, você riu, disse "Que pressa, calma lá, sujou minha mão de molho melado", e lambeu aquela cobertura molenga, coisa trivial, boba mesmo. Como você era bonita, como ainda é. Você estava com um jeans rasgado no joelho esquerdo e na coxa direita.

EMAGRECEU NA BUNDA, ENGORDOU NA BARRIGA

— Neluce, minhas bermudas não me servem mais, estão caindo.

— Olhe sua barriga, a bermuda se fecha abaixo da cintura, escorrega e se solta.

— Engordei assim?

— Emagreceu na bunda e nas laterais, ganhou barriga, não faz ginástica, não anda, não corre, come e bebe, bebe e come, como todo mundo...

MILHÕES DE ROBÔS MANDAM MENSAGENS

Sabemos, mas imaginávamos que estivessem mortos, que não houvesse mais quem os ativasse, mas a verdade é que milhões de robôs, espalhados pelo país inteiro, continuam a mandar suas mensagens desencontradas, ameaçadoras, algumas tão antigas que soam ridiculamente, se ainda existissem pessoas de boa cabeça para ouvi-las. Conheço algumas, me disse dona Marcelina, encanto de mulher.

MILHÕES DE SEPULTURAS SEM NOME

— Você sempre esteve neste mesmo lugar, Evaristo?

— Nem sempre. À medida que vinham desocupando e demolindo as casas e os prédios vazios para abrir sepulturas, fui mudando. Até que, em dado momento, a situação pareceu se acalmar e vim para cá. Por causa da vista, infinita. Por causa do Portal. Fico aqui me perguntando se um dia terei coragem de atravessar e mergulhar naquele descampado.

— Mas há quanto tempo você está aqui?

— O que importa? Estou. O tempo? O que é?

— Nunca sabe que horas são? Não mede o tempo?

— Claro que meço.

— Como?

— Está vendo aquele muro branco? Está vendo o caracol no meio dele? Conto o tempo pela subida do caracol no muro.

UMA CUECA NO MEIO DA SALA

— Evaristo, viu onde deixou a cueca?

— A cueca? Onde? Que pergunta, Neluce.

— Viu onde deixou largada a cueca? No meio da sala.

— Deve ter sido ontem à noite.

— Não, porque você acordou de cueca hoje, te vi saindo do quarto.

— Então foi anteontem. Na sala? Não me lembro. E daí?

— Daí que você vem se despindo pela casa, cueca de um lado, meia suja do outro, onde isso vai dar?

— Depois recolho.

— Sabe que eu recolho.

— Qual o problema? Há quantos anos não entra ninguém nesta casa?

— Não é o problema de quem entra, é de quem está aqui dentro. Eu e você. Eu estou. Se começamos a relaxar agora, depois de tanto tempo, isto vai virar um chiqueiro, meu amor, puta bagunça.

— Você exagera.

— Começa com uma cueca e um dia está tudo esparramado, calcinhas, sutiãs, sapatos, paletós, a gente vai largando tudo.

— Só estamos nós dois.

— Está vendo, você não entendeu nada, este é o começo do fim. É questão de respeito. Por mim, por você. Assim começa a degringolar. O que tínhamos combinado, acabou?

O QUE ACONTECEU COM O ELEVADOR?

Voltando para casa, dei-me a pensar no elevador despencando. Ou a porta é que abriu e o elevador não estava lá?

DA JANELA DO TERCEIRO ANDAR

— Boa tarde, Evaristo. Tão cedo e já está aí? Trouxe algumas coisas para o senhor. Panelas e livros – soubemos que tem milhares deles. Talvez aproveite. Estamos indo.

— Para onde, dona Carmela? Para onde?

— Vamos sair de carro e ir até onde der. Firmino estocou muita gasolina, e estamos com medo de que ela perca a validade. Sabe se gasolina tem validade?

— Não sei nada. Mas por que não vão de trem? Chegou ontem, está parado, deve ir para algum lugar.

— Para onde?

— Não sei. Dia desses vou olhar o letreiro. Dizem que tem letreiro naquela plataforma.

— E Neluce? Faz dias que não a vejo. Passava, ela estava na janela. É no terceiro andar, não é? Todos sabem que ela adorava estar naquela janela. Não descia, tinha medo de contato. Ficava olhando o quê?

— Era no terceiro, passamos para o primeiro, nunca mais ela entrou em um elevador. Ela ficava olhando a vida.

— Ou o que sobrou da vida, meu amigo. O que é a vida hoje? Estamos vivos? Meu marido me perguntou outro dia por que insistimos, para que resistimos.

— Segure a onda, dona Carmela.

— Para quê?

CHINELO NO MEIO DA SALA

— Vem cá um minuto, Evaristo! Olhe ali onde deixou suas havaianas! Me diz: está certo?

— Ah, depois eu pego. Não atrapalha ninguém.

Dois dias depois:

— Sabe, querida, onde está o outro pé das havaianas?

— Sei! Exatamente onde você largou.

— E onde foi?

— Procure.

Uma hora depois.

— Não encontro. Tem alguma ideia?

— Tenho. Joguei fora.

— Fora? Ficou louca?

— Quando começou essa doideira e fomos obrigados a ficar em casa, o que combinamos?

— Liberar a cozinheira, e cuidarmos nós da casa. Foi isso?

— Cuidar seria deixar cada coisa no lugar, ou logo vira bagunça. Um pé de chinelo aqui, a cueca lá, o sutiã na cadeira, a toalha na janela. O lixo na porta do elevador. Vira cortiço. Não foi?

— Foi, você tem razão. Vou ter de comprar outro chinelo.

— Se pudesse sair, você iria. Mas desta vez não precisa. Guardei. Mas ou a gente faz umas regrinhas, ou vai ser difícil, sem ter cometido crime, viver nesta cela solitária, corredor da morte, lembra-se do filme? Logo estaremos nos pegando; vamos ter de alongar nossos pavios, ou isto acaba mal.

RECONHECER PESSOAS PELOS OLHOS

Hoje nos acostumamos a reconhecer os que usaram máscara. Aos poucos a maioria foi abandonando o uso delas, convencida pelo Destemperado, que nos governa e que um dia gritou, esbravejou, proibiu. Os que sobreviveram e não abandonaram a máscara sabemos ao olhar. A metade do rosto sem luz, sem ter tomado sol por tantos anos, é clara, diferente da parte superior, escurecida.

Já disse há quantos anos estamos nesta? Onze anos, sete meses, sete dias. Neluce me diz que vivo repetindo coisas, mas que me engano, confundo datas, tempo. A gente reconhece as pessoas pelos olhos, hoje é preciso olhar dentro dos olhos para saber quem é. Um aprendizado. De tempos para cá, dizem que precisamos aprender a ler a linguagem dos olhos. O que desapareceu de vez foram as impressões digitais, pelo uso excessivo do álcool em gel. A pele foi se descolando, dificultando o reconhecimento em bancos, repartições, aeroportos, hotéis, toda parte onde precisamos provar que somos nós mesmos.

Besteira minha. Por exemplo, quem viaja? Ninguém. Não há para onde ir. Estou alucinado, ninguém precisa mais provar nada, não existem hotéis, repartições, aeroportos, rodoviárias. Há tempos se costuma ler a íris do olho, mas o uso contínuo da luz do laser sobre ela vem prejudicando a visão. Dia desses alguém comentou:

— Reconhecer os outros? Para quê? Não reconheço mais ninguém, porque não vejo mais nem uma pessoa que seja. O Brasil esvaziou. Parentes, amigos, gente, tudo acabou. Ou está escondido. Esconder adianta?

DE QUEM É ESTA CASA, AMOR?

— Você não tem a sensação, Evaristo, de que esta casa não é nossa? Que invadimos, ocupamos e aqui ficamos?

— Nunca! Adoro nossa casa, nela moramos desde que viemos para cá. O que é estranho?

— Não sei, não me sinto bem. E por que viemos?

— Porque tínhamos de morar em algum lugar, procuramos, procuramos e encontramos esta que você adorou.

— Não parece minha casa. Não reconheço objetos, vasos, móveis. Vai ver você comprou e mobiliou para me surpreender. Mas esta não é aquela casa que adoramos. Está tão diferente, apertada, escura. Quero ir embora, vamos arranjar outro lugar.

A FALTA QUE AS PESSOAS FAZEM

Estimado De Franceschi,

Depois de longo tempo, te encontrar no restaurante me deu alegria imensa. Verdade que estava tudo vazio, havia apenas a sua mesa e outra com uma mulher elegante, olhando fixo para uma caipirosca de limão-siciliano. Sei porque ouvi o pedido. "Com vodca Absolut", ela recomendou. Alguns resistem. Alegria ver que amigos estão vivos. Apenas estavam ocultos. Nessa hora percebemos a falta que nos fazem, a solidão a que nos condenam. Andam cada vez mais raros esses encontros, quase inexistentes. Outro dia Itamar, você sabe quem é, levou lindos trabalhos de Maria Bonomi para emoldurar, pois Itamar diz que as vidas ficaram despedaçadas, vivemos fragmentos.

Abraços, Evaristo.

TENHA CORAGEM, DIGA QUEM SOU

— Sou um fracasso, Neluce?

— O quê?

— Pergunto: sou um fracasso?

— Depende...

— Isso significa que sou, ou você teria dito não!

— O que é ser um fracasso?

— Ser uma pessoa como eu. Não tenho nada de que me orgulhe no passado, não tenho nada que fazer no futuro, quem se lembrará de mim? E por que alguém se lembrará de mim?

— Se uma pessoa se lembrar de você, já valeu a pena. Eu vou me lembrar de você. Vaidade sua querer ser lembrado. Morreu, morreu. Acabou. E daí se ninguém se lembrar? O que muda?

—

— O que muda, Evaristo?

—

— Bem, você hoje se acha um nada, não posso mudar sua opinião, meu amor.

GENTE QUE GOSTA DE COISAS BONITAS

Quando cheguei a esta pracinha e instalei a banca, dava bom-dia ou boa-tarde 267 vezes a cada jornada de trabalho. Muitos paravam, olhavam, comentavam, partiam, voltavam. Havia quem me achava doido, mas os inteligentes comentavam com aprovação o meu bom senso.

Disseram:

— Lindo o senhor ter comprado esse vaso de dona Filhinha, aquela senhora austera e orgulhosa, que desprezava a todos, achava-se superior. Afinal, acabou sendo uma preciosidade ao descobrirem de que ano era e que tinha pertencido à marquesa de Lácio.

Respondi:

— Comprei porque achei bonito, me alegrou. Vendo a quem achar bonito, só isso. Coisas bonitas nos alegram. Pouco importam marquesas e princesas. Ainda existem? Marquesa de Lácio? Como tem gente ingênua! Ninguém talvez saiba que Lácio é uma estação ferroviária no interior do estado, entre Vera Cruz e Marília. Hoje em dia, acredita-se em qualquer besteira que se fale. Ah, existe também uma flor do Lácio, que é a mais bela!

A BARBA

— Não aguento, Evaristo, juro que não aguento. Por que essa moda de barba? Um jovem de 15 anos já deixando a barba crescer. Ninguém mais faz a barba? Todo mundo tem cara de velho hoje.

— É moda, meu amor, moda pega logo, qual o problema?

— Todos parecem meu bisavô. Nem estou dizendo meu avô. Bisavô, aquele velho que vem nos camafeus. Todo mundo com cara de fotografia de túmulo antigo.

— Cada bobagem, cada problema, Neluce, para com isso, uma foda de uma pandemia e você irritada com as barbas?

— Não bastavam as máscaras? Agora, barba e máscara, ninguém conhece ninguém.

— Pura implicância, repito, uma besteirinha, vai agora arranjar mais essa para pesar em cima da gente?

— Imagino o que é ter o rosto junto ao rosto de um barbudo, imagino uma barba me pinicando a pele, você barbudo me beijando, e os pelos entrando em minha boca, ai, horror, puta merda, nem posso pensar.

— Pois não pense.

— No dia em que acordar e te ver de barba, pego tudo e me vou. Ou me vou sem pegar nada.

— Vai? Para onde?

— Vou pensar, vou pensar.

QUER IR, EVARISTO? VAI, MORRA!

— Neluce, vamos sair, vamos jantar, vamos entrar em um bar, fazer um *happy hour*, encher a cara, beber um litro de vodca, cair na rua!

— Está doido? O *lockdown* é total, a pior fase da Funesta.

— Foda-se o *lockdown*, não aguento mais ficar em casa, há quatro anos não ponho os pés fora daquela porta. Foda-se, vamos para um bar.

— Nem pensar! Bar! Quer morrer, pegar a peste?

— Quero tudo! Quero sair e pegar a peste, não aguento mais. Nem um minuto! Não posso mais te ver, te olhar, sentir você perto, do meu lado, rondando pela casa.

— Vai ter de me aguentar, amor. Vai ter.

— Me mando! Foda-se, me mando, arranco esta máscara e vou respirar tudo, o elevador, a rua, vou a um hospital, entrar lá sem máscara! Cheirar um contaminado, chega, chega, caralho, chega!

— Olha, quer morrer? Vai, morra de uma vez!

PESSOAS COMO VOCÊ

Demorei para lembrar onde a tinha visto, mas sabia que não era desconhecida. Em algum lugar eu já tinha visto aquele rosto sorridente e não me esqueci. Mas, naquela tarde de domingo, num clube de campo, eu – não sei por que – assistia a um concurso de fantasias infantis de Carnaval, quando vi Neluce com uma criança linda ao lado. Assistiam também, meio escondidas atrás da passarela. Soube depois que a menina era a filha de um segundo casamento, igualmente desmoronado.

Neluce, escaldada, nem quis conversar. Procurei agradar a menina, chamada Monica, que me olhou, desconfiada, e nada respondeu; só me olhava de um jeito enviesado. Já aquela mulher me olhava com ironia. Eu, fingindo admiração, disse:

— Você?! Sei que já te vi, não me lembro onde.

— Já me viu! Qual é? Jeito ruim de começar uma cantada. Nenhuma originalidade.

— Ruim, admito. Mas já começamos a conversar.

— Se isso é uma conversa, não acha pobre demais, sem graça alguma? Fique na sua, nada sabe de mim. Não vê que tenho filha?

— Você é mãe dessa criança?

— Não, sou o pai. É imbecil ou se faz? Por que quer saber? Qual é? Te conheço?

— Não. Mas eu já te vi uma vez. Na tevê.

— Tevê? E o que fui fazer nessa tevê?

— Foi, tenho certeza, foi rápido, me lembro.

— Televisão? Você continua fraco. Onde poderia ter me visto? Não frequento bares, nem sinucas, nem lugares onde se reúnem os cafajestes, malandros meias-bocas, machões assediadores...

— Não precisa vir assim com tamancadas. Nem sabe quem sou.

— Tamancadas? És português?

Havia ironia naquele sorriso.

— Foi maneira de dizer. Por que tanta agressividade?

— Porque o mundo está cheio de homens como você.

— Eu? E como sou?

— Atrevido, pé no saco. Assediador do caralho.

— Isto vai acabar bem...

— Se depender de mim, já acabou. Por que vem falar comigo? O que faz assistindo a um concurso de fantasias infantis? Tem algum filho aí?

— Não! Meus filhos ficaram com minha primeira mulher.

— Primeira? Teve quantas?

— Uma. Não deu certo.

— E agora, o que quer? Que eu seja a segunda?

— Eu disse alguma coisa? Só vim conversar.

— Conversa de cavalo capão.

— Cada coisa você diz. Cavalo capão? Por que não vamos ao bar tomar alguma coisa?

— Às quatro da tarde? Tomar o quê?

— Um sorvete com a menina.

— Sorvete com a menina? Sou besta? Olha no meu olho: tenho cara de boba, infeliz, necessitada? Ela quer ver o desfile. Deixe a gente sossegada.

Olhei para a menina, que estava agora com uma expressão de dúvida entre o sorvete perdido e aquele intruso que havia se aproximado da mãe e queria o quê?

Desgraça de memória, onde eu a tinha visto? Ou nunca tinha?

— Mal nos conhecemos e você já me trata assim?

— O que esperava? Que eu caísse nos seus braços?

— Eu não disse nada.

— Ainda não, mas conheço gente como você. Sei o que quer dizer. Acabou, chega!

— Chega mesmo. Vim com bons modos.

— Conheço esses bons modos.

— Você é foda, uma pessoa sempre pronta a explodir.

— Igual a você. Foda? Grosseiro, sem educação. Começamos mal.

— Começamos? Acha? É uma boa frase, me dá esperança.

— O que isso quer dizer?

— Vamos os dois entrar nessa no escuro, que tal? Não vai se arrepender, sou um cara legal.

— Entrar nessa? Dessa já saí. Você é por demais metido, presunçoso, se acha o rei da cocada preta.

Casamos. Não imagino a vida sem ela. Monica me adorou desde o início.

OBSERVANDO A VIDA PELA JANELA

Era assim quando chegamos: ficávamos à janela ou ela, ou eu.

— Mais um sobrado se foi. Já caíram nove. As porras dessas construtoras têm dinheiro pra caralho. Nesse sobradinho morava aquela fotógrafa, a Madalena, que era a maior retratista do Brasil. Mulher que tinha um jeito humilde, quase simplório. As pessoas, no primeiro encontro, não davam nada por ela. Até verem os retratos – aí, caíam de quatro. Meus Deus, como tinha gente incrível neste bairro! Para onde terá ido a Madalena?

Uma semana depois, Neluce me chamava:

— Agora a floricultura foi embora. Não há um só lugar para mandar flores no bairro.

— A gente manda pela internet.

— Que merda mandar pela internet! Como escolher? Como sentir o perfume, saber a cor do ramalhete? Ou a gente mesmo fazer uma cesta para mandar? Uma cesta que seja como a gente, para que a pessoa que recebe identifique quem mandou – isso é lindo! A pessoa vai na hora dizer "Foi a mulher do Evaristo, ela adora petúnias, cravos-brancos, margaridas". Já se fosse você, seria girassol, enormes girassóis. É, você vai se lembrar de *Os girassóis da Rússia,* um pouco por causa daquela cidade calorenta de que você gosta, lá onde o sol mora. Não foi de lá que veio aquela sua paixão, meu amor, por uma Anna com dois enes? Você já falou nela dormindo, cochilando ou bêbado, naqueles porres memoráveis que tomava quando começamos a namorar e que me divertiam, me faziam rir. Saberiam também pela paixão que você tem por Van Gogh – o seu sonho sempre foi comprar um Van Gogh. Você gostaria de poder comprar um dos girassóis dele. Você sempre repete: "Por que não nasci no tempo dele? Por que não o conheci em Arles e não comprei um quadro dele naquela época? Devia ser superbarato, eu podia trocar por um copo de vinho, um prato de comida. Não teve um sujeito que ganhou um quadro e fez dele um portão de galinheiro?"

Mais dezenove dias, e chamei Neluce.

— Está vendo os dois sobradinhos gêmeos – o marrom e o azul – que foram daquela chinesa que chegou sem falar uma palavra de português e, dois meses depois, comandava o melhor supermercadinho do bairro? Ela não sabia nada de português, mas mexia bem com dinheiro. Não sabia onde estava nada, mandava o freguês procurar o que queria. Conquistou todo mundo, para cada um dava apelido, porque não guardava nomes. Os sobradinhos caíram.

E eu:

— Também está para fechar o boteco de cachaças mineiras do Marquito Rocha, aquele que todo mundo adora, falante, sorridente. Comprou a casa e o terrenão do seu Chico, e ia tudo bem, até que ergueram aquele baita prédio, o que ficou inacabado por trás da casa e do barzinho dele. E a jabuticabeira-sabará, que dava frutos enormes e doces, morreu – parece que jogaram cimento na raiz. Marquito dava jabuticaba para quem quisesse, era só ir lá com a bacia. Os construtores do predião fizeram de tudo para comprar o terreno-chácara do Marquito, ele resistiu e passou um inferno durante as obras.

Esse bar, chamado Você Pensa Que Cachaça É Água, era tradição no bairro.

NO CHÃO, AS MARCAS

As ruas, avenidas, praças, largos, becos, estacionamentos, descampados ainda ostentam no chão as muitas marcas que têm o formato de um quadrado aberto num dos lados. Essas marcas são delimitadas com paralelepípedos, que substituíram os traços de tinta a óleo. Estes, por sua vez, tinham vindo no lugar das marcas originais, feitas a cal e refeitas a cada semana, porque se desgastavam com os milhares de pés que se colocavam entre elas, para conservar a distância – determinada pela lei sanitária – de metro e meio entre cada pessoa. Impacientes, poucos obedeciam. Gostavam de se pegar, se aglomerar. Neluce brincava:

— Cada um no seu quadrado.

Era a frase de uma canção que ela amava tanto. Ou não?

O silêncio é cada vez mais avassalador, como diz Itamar. Se você caminha pela rua, consegue ouvir as conversas das pessoas dentro dos apartamentos. Há algum tempo todos moram no primeiro andar, porque os elevadores, sem manutenção, pararam. Inúteis, os andares mais altos foram se esvaziando, com as pessoas morrendo ou partindo. Não me perguntem para onde, talvez tenham atravessado o Portal e desaparecido. Assim, sem trânsito, não há qualquer tipo de veículo, as ruas se aquietaram. As janelas vivem abertas por causa do calor intenso, de modo que me esgueiro pelos vãos a ouvir o que dizem em cada casa, carícias, brigas, insultos, pessoas que falam sozinhas, e como há gente falando sozinha. Cada vez mais, falando com Deus, com orixás, com espíritos de todo tipo, com afetos e principalmente com desafetos.

PASSEIAM COM OS CÃES

Casais de idosos, caminhando devagar, conduzem pequenos cães que latem a cada folha que cai, cada moto ruidosa que passa. Mercadinhos e supermercados vão desaparecendo, mas as casas de ração para pets assombram pelo tamanho.

A MINHA MORTE

Como será a minha morte? Estou subindo a escada, perco o equilíbrio, tropeço num degrau, caio, bato a cabeça, tenho o pescoço quebrado? Tomara que seja sem dor. Os que entram, tempos depois de notada minha ausência, encontram ao pé da escada alguns livros como *Cartas para minha avó*, de Djamila Ribeiro, *História do silêncio*, de Alain Corbin, *O mundo das maçãs,* de John Cheever, *Querida cidade*, de Antônio Torres, *A saída? Onde fica a saída?,* peça teatral de A. C. Fontoura, Armando Costa e Ferreira Gullar, e *Cidades de puro nada,* de Aldisio Filgueiras. Num papel estava anotado em corpo 48 uma frase desse poeta amazonense: "Como chegar/ Ao fundo do poço/ Sem perder de vista/ As estrelas?"

— Esses livros eram desse homem? Que sujeito estranho! Lia muito ou ia comprando?

— O que sabemos dos seres humanos? Esses livros podem ter sido deixados aí para que nos enganemos sobre ele. Para que as pessoas digam, vai ver não era quem pensamos que era.

— E o que ele era?

TÃO CALMA!

Abro a porta do quarto e murmuro:

— Bom dia, meu amor. Já acordou ou vai dormir um pouco mais?

Ela não responde, tem sono profundo. Nenhum ruído, por mínimo que seja, vem do quarto. Fico tranquilo – nunca me esqueço daquele sufoco, quanto ela lutava para respirar. Conheço bem minha mulher. Um ano depois que a Funesta começou, Neluce passou a ter longos ataques de sono, que duravam dias e dias. Houve época em que foi alimentada com soro enquanto dormia. Há muito tempo não a vejo dormir tanto. Nos últimos meses o sono tem sido intranquilo, talvez sejam sonhos atribulados, coisa mais do que comum nestes tempos. Tomara não desperte transformada em algum inseto.

A PÉ NÃO HÁ NINGUÉM

Um estranho, e o que um estranho viria fazer aqui? Um estranho imagina uma cidade desabitada, inóspita. Estranho teria de ser um estrangeiro, mas faz anos que ninguém vem ao Brasil. Não há como; foram canceladas todas as saídas daqui, todas as nossas entradas no resto do mundo. Ao que se saiba – e sabemos pouco –, despovoadas estão todas as cidades.

O SALMÃO COM ALECRIM DE NELUCE

— Vim trazer um abraço, Evaristo. Vim três vezes aqui na banca, não te encontrei. Disseram que você ficou três meses sem aparecer. Achei que você devia estar fechado em casa, pensando na Neluce. Duro, sei que deve ser duro. Ainda mais num momento como este: nas casas, nos apartamentos, hoje vivemos o tempo inteiro uns juntos dos outros, quase grudados. Agora você deve estar sentindo um grande vazio.

— Por que me diz isso, Itamar?

— A morte da Neluce. O que mais pode ser?

— Morte da Neluce? Onde ouviu isso?

— Soubemos...

— Souberam como? Você e Heleninha nunca saem de casa. Quando saem, passam por aqui. Com quem conversam? Notícias mentirosas circulam rápido. Neluce está em casa, dormindo.

— Dormindo? Qual é?! Dormindo?!

— Aliás, dorme o tempo inteiro. Devia estar muito, mas muito, cansada. Talvez deprimida. Me culpo, não soube ajudar.

— O que você está contando? Neluce está viva? Vamos lá, quero ver!

— Ela dorme, não vou acordá-la. O dia em que ela se levantar, te chamo, você vem comer em casa. Sei que adora o salmão com alecrim que ela faz. Aliás, nossa hortinha no terraço está assim de alecrim. Uma beleza.

— Evaristo, o que você me diz? Neluce dorme? Pois vamos lá, já! O que há com você? Sou eu, o Itamar, seu amigo. Vamos lá!

— Nem pensar. Ninguém vai lá, não quero acordá-la. Fazia tempo que não dormia assim.

— Então me deixe vê-la. Olho da porta. Dorme... Deve ser sequela da Funesta: soube que acontece de tudo, e sono longo é uma das reações. Mas não podemos deixá-la dormir tanto. Sabe quando alguém bate a cabeça e a gente precisa manter a pessoa acordada? Vamos despertá-la – sei que tudo isso te perturbou demais.

— Nem pensar. Minha mulher está bem. Às vezes acorda, fala comigo, tem a memória perfeita...

— Evaristo, me dê a chave. Vou lá, entro com cuidado...

— Que chave?

— Do teu apartamento. Sempre adorei o cafofo de vocês...

— Cafofo? Que breguice! Qual é? Quer ir lá? Primeiro, se quer mesmo ir, para que chave? Há quantos anos ninguém tranca as portas das casas neste país? Quem vai entrar?

— Pois então eu vou!

— Vai? Como? Nunca vi morto andar.

— Morto? Quem?

— Você, Itamar. Dê um passo e te mato.

— Qual é, Evaristo? Puta merda, se tivesse arma, seria capaz de atirar? É um *sniper* americano?

— Se você importunar Anna, te mato.

— Ana... Ana? Ana... Minha nossa! Você está com os neurônios queimados, amigo! Ana?!

— Anna. Aquela dos dois enes.

— A Anna de dois enes? Porra, tá doidão mesmo! Cheirou? Não, você não é disso. Aquela Anna? Da tua adolescência? Quantos anos se passaram depois da Anna? O que há com você? Anna... E a Neluce?

— Não sei, não sei. Não sei, não...

— Isso, chore. Chore bastante, vai te fazer bem, choremos os dois, é o que nos resta fazer. Nada mais adianta, resolve. Por que Deus nunca diz claramente o que quer de nós? Por quê?...

O QUE DIVIDE, O QUE SIGNIFICA

O Portal – é como chamam – fica a 973 metros da minha banca. Sei porque medi com trena, ajudado por um motoqueiro. Também meu pai tinha o costume de medir coisas. Quantos passos se dão numa quadra de 98 metros; quantos azulejos numa cozinha; quantos postes numa rua; quantas mexericas no pé; quantos apitos o guarda-noturno dava na ronda pela rua (isto, meu pai me contava, era da infância dele). Hoje nem há guardas-noturnos mais. O que há são câmeras nos postes, muros, portas, mãos de milicianos.

Depois do Portal você penetra – na verdade, penetrava – em imensidões de terra, fazendas de cana, laranja, soja, amendoim. Desativadas, assoladas por incêndios, os primeiros dos quais foram provocados pelos seguidores do Destemperado, que também é uma espécie de sumo sacerdote.

Mas ninguém sabe o que o Portal significa, porque ele está ali, o que divide. A 1.093 metros do Portal, está a estação ferroviária. Construída em concreto aparente (ganhou até prêmio), foi das mais movimentadas do estado. Dali saiu o primeiro trem-bala do país, obra que gerou desenfreada corrupção. Hoje existe apenas um trem, que chega de três em três dias, para, fica quarenta e três minutos e parte. Tenho olhado de longe e não vejo passageiros. Antes que tivessem começado a abrir covas no terreno que se estende além da ferrovia, os trens passavam lotados. Aí eles passaram a trazer os mortos pela Funesta. Ninguém sabia de onde vinham os cadáveres, mas vinham, cada vez mais amontoados em vagões de transportar gado ou sacaria.

Sabíamos que o trem estava chegando pelo fedor que se espalhava pela região. O mau cheiro só amainava quando batia algum vendaval antes que os corpos fossem enterrados. Tratores trabalhavam sem parar, dia e noite, para abrir túmulos. Até imaginávamos que invadiriam a cidade, mas mudaram de rumo – foram para o norte. Durante meses e meses, talvez anos... Perdoem minha memória, é que era chocante ficar à janela vendo aquele desfile permanente de esquifes – de novo essa palavra, *esquife* – que traziam as vítimas. Isso foi no primeiro turno. Depois vinham enroladas, enfiadas ou imprensadas em plástico, zinco, tubo de PVC, amianto, telha Eternit, colcha, lençóis, ou mesmo nuas, atiradas umas sobre as outras.

QUER RESPIRAR A CONTAMINAÇÃO?

— Neluce, está louca? Qual é! Na beira da janela e sem máscara?

— Não aguento mais esse pedacinho de pano fechando meu nariz e minha boca.

— Não acredite naquele Destemperado, meu amor. E se você aspira uma lufada de ar contaminado? Não se sabe de onde a Funesta vem, como vem, quando vem. Basta uma aspirada, e tudo vai para seu pulmão. Saia daí!

— Não saio, talvez eu queira que ela venha, assim me impede de me atirar dessa janela.

— Se quisesse se atirar, você teria subido ao terraço. No último andar. Aqui você vai cair em cima desse toldo podre que amortecerá a queda.

MENOS "BONS-DIAS" E "BOAS-TARDES"

Percebi que, com o passar dos meses – muitos meses –, diminuía o número de vezes que eu dava bom-dia ou boa-tarde. A princípio, pouco, bem pouco: de 137 para 131. Mais três meses, eram 128 a cada jornada. Outros 34 dias, porém, e dei bom-dia ou boa-tarde apenas 103 vezes.

TÃO CALMA, TÃO DESPREOCUPADA!

Não tenho coragem de acordá-la, há muito não a vejo assim despreocupada. Ela me faz falta. Neluce ia para a cozinha e começava a fazer o almoço ou o jantar, e eu devia levar o vinho ou preparar um gim-tônica. Contei a ela como Humphrey Bogart bebia litros e litros de gim a bordo do *African Queen*, o barco do filme *Uma aventura na África*. Meu gim leva um toque de casca de limão-siciliano, zimbro (cuja dificuldade de achar em tais tempos é notável) e um *tisc* de alecrim, apenas para dar um leve buquê. *Tisc* é palavra que inventei agora, baseado no sutilíssimo barulho que eu ouvia quando cortava o ramo do alecrim.

Nos primeiros tempos, ficávamos na cozinha e ouvíamos as notícias. Mas, à medida que os noticiários só falavam da Praga Funesta e de mortes, e as mortes foram se multiplicando, começamos a nos cansar deles, a ficar irritados e a brigar um com o outro. De maneira que nunca mais ligamos a tevê, a não ser para ver filmes.

Neluce mostra-se tranquila. Seus olhos se suavizaram, perderam a rigidez, o tom metálico de quando ouvíamos o Destemperado negar, negar, xingar e cuspir à porta do palácio. Aquilo incomodava o mundo. Não vou acordá-la, nem trazer a caneca amarela de café. Daqui a pouco vou para minha banca, faz dias que não vendo nada.

Mal tinha começado a pandemia, todos diziam que o país ia à falência, todo mundo ia demitir e quebrar, os esfomeados estariam pelas ruas, assaltando, saqueando, matando, os ricos iam cair fora, "ninguém mais tem dinheiro". E os prédios subiam, um atrás do outro. De quatro andares, oito, quinze, vinte e cinco, trinta. Anunciaram um de setenta, e logo vieram *outdoors* prometendo o maior arranha-céu da América Latina, com cem andares. Loucura, diziam. Vai desmoronar com o vento, os furacões, os tsunâmis, cada vez mais frequentes. Ficou insuportável o barulho dos bate-estacas, das britadeiras, das concreteiras. Ninguém mais dormia, era dia e noite. A lei do silêncio? Ora, a lei do silêncio vale menos que a grana que corria de bolso para bolso até chegar a contas em paraísos fiscais.

HOMEM NÃO ENXERGA

— Evaristo, me pegue a mostarda na geladeira. Estou preparando um *carpaccio*.

...

— Evaristo, onde está? Você me ouviu?

— Estou diante da geladeira. Aqui não tem nenhuma mostarda.

— Como não tem? Usei ontem e coloquei aí.

— Aqui não tem nada.

...

— Olhe, o que é isto aqui? Estava na prateleira da porta.

— Procurei, procurei, não vi.

— Homem não vê nada, não enxerga, não encontra. Ou não sabe o que é mostarda?

AO COMEÇAR, NÃO ERA NADA

Tranquilos não estávamos, porque conhecíamos as armadilhas oficiais. A princípio eram os comunicados quase diários:

— Não há peste, praga, pandemia, flagelo, tormento nem nada do que dizem esses fanáticos que se proclamam cientistas, virologistas e epidemiologistas, essa canalhada da oposição esquerdopata e comunista. Trata-se apenas de um surto pontual de disenteria.

Dois meses depois, a disenteria se tornou caxumba, cujo maior perigo era descer aos testículos.

Aí veio a fase do pigarro e do engasgo incessantes.

À medida que as mortes aumentavam, vinham novas definições. Sarampo, lumbago, alergia breve, fibromialgia, berne, bicho-de-pé, pulmão intoxicado, vesícula inflamada, diverticulite.

Acalmavam:

— Nada grave! Fiquem tranquilos! Em nosso país há milhões de benzedeiras.

PARA QUE É ESTE REMÉDIO?

Nebacetin, diz a bula, é um medicamento indicado para o tratamento de infecções da pele e/ou de mucosas, causadas por diferentes bactérias, como por exemplo: nas "dobras" da pele, ao redor dos pelos, na parte de fora da orelha, nos furúnculos, nas lesões com pus, na acne infectada, nas feridas abertas (como úlceras na pele) e nas queimaduras pequenas.

"O QUE ESTÁ ACONTECENDO?"

Há anos ouço essa pergunta. Todos os dias, a cada momento. Teve dia que, segundo minha anotação, perguntaram 453 vezes. Não aguento mais. Pensam que sei tudo.

Ao mesmo tempo, não me importo. Minha sensação é que acabamos formando uma carapaça que nos protege. Pouca gente – muito pouca, quase ninguém – caminha por estes lugares. As ruas estão vazias. Grama e arbustos crescem entre as pedras, junto aos muros, na boca do bueiros, nas praças transformadas em matagais. Pessoa alguma se atreve a sair. Ou já não há mais gente para sair?

Não é somente neste bairro, o vazio está em todos os cantos. Portas, portinholas, portais, portões foram murados, e os motoqueiros dos apps de comida, bebida, remédio, loja, supermercado, o que seja, entregam as mercadorias através de aberturas que giram de fora para dentro – ou de dentro para fora – como as rodas em que, nos tempos da Colônia, se depositavam nos conventos os bebês rejeitados. Também se usam senhas complicadas. Para isto aqui ficar como as ruas dos velhos faroestes, só faltam o vento uivante e aquelas bolas de planta seca a rodar como fantasmas em meio à poeira.

PERDENDO O EQUILÍBRIO NA SOLIDÃO

— Você não precisa se preocupar tanto comigo, Neluce. Não precisa segurar meu braço quando desço a escada, quando enfrento um degrau, quando tem buraco na calçada, quando vou pisar num tapete, quando tento saltar uma poça d'água. Eu me sinto mal, tenho vergonha. Parece que sou deficiente, estou velho, desequilibrado.

— Ah, é? Quantos anos pensa que tem? Mesmo que fosse menos, ouviu o que os médicos estão dizendo? No isolamento provocado pela pandemia, todo mundo, seja qual for a idade, está perdendo o equilíbrio. Vou deixar você cair na rua? Se quebrar todo?

— Você me enche o saco, me protege demais! O que pensa que sou? Me deixa envergonhado. Me deixe sozinho!

— Sozinho, Evaristo? Quantas vezes você se perdeu indo para a tua banca? Quantas vezes fui te buscar, você à espera, não tinha nem ideia do caminho? Quantas vezes se confundiu e fui te pegar naquela porteira que ninguém sabe o que está fazendo lá?

— Porteira não, Neluce. Portal. Quantas vezes te disse?

ACAMPAMENTOS DENTRO DAS CIDADES

À medida que foram desaparecendo as populações das favelas, ou comunidades, dizimadas por uma nova teoria, chamada Nada Se Passa, sem que ninguém fosse vacinado por falta de insumos, os habitantes que sobraram foram se amontoando em tendas, como se vivessem em imensos acampamentos de ciganos – ou de saltimbancos, ou de artistas de circo, ou de exércitos rebeldes, ou de refugiados. Ali se fundiam às cracolândias, que crescem "desmesuradamente", tanto trepa essa gente, como disse o ministro do Bem-estar Social, isso precisa acabar. Gentalha!

Tinham vacinado – ao menos foi o que garantiram – primeiro os indígenas, que por viverem longe demais, assegurava-se, sobreviveriam. Morreram todos, e os garimpeiros se apossaram de suas terras. Agora os miseráveis, e que merda, como tem miserável neste país! – disse o ministro da Economia. Era tão bom quando essa gente não era vista, nem se sabia dela! Aliás, os sociólogos – esses parasitas – chamavam esses grupos de os invisíveis. Por anos conseguimos matar a fome deles, dizia ainda o ministro da Economia, dando-lhes os restos de comida dos restaurantes e hotéis. Restos não só das cozinhas, mas também dos pratos, afinal os miseráveis não estavam vendo e agradeciam, assim como agradeciam os alimentos vencidos dos supermercados. Foi uma ação generosa do governo e de particulares. Todo garçom, todo *maître* sabia como recolher as sobras dos pratos e panelas e acomodar em grandes recipientes, que eram enviados ao que um filho do Destemperado – sabem, não é, aquele que nos governa – denominou as Turbas Esfomeadas Que Denigrem o País. Na minha infância no interior, toda família criava no quintal um porco, uma leitoinha, guardando para isso os restos de comida, chamados de lavagem, sempre um pouco azedos.

Chegou a vez dos negros, encaminhados à vacinação primeiro com vacinas vencidas, depois com água sanitária nas seringas, o que provocava enjoos, convulsões estomacais contínuas, até a pessoa se desfazer em vômitos incessantes que escorriam nas sarjetas.

Quando foi a vez dos velhos, perceberam que os idosos eram milhões e milhões e custavam muito ao governo em assistência social. E eram inúteis, segundo o Ministro do Planejamento, porque nada produziam. Quantos eram? Não se sabe. Melhor deixá-los morrer com a Funesta. Por falta de calculadoras eletrônicas, o país deixou de contar a população desde o remoto ano de 2021.

Ainda que o governo do Japão tenha oferecido 20 milhões de ábacos *soroban* para efetuar o Censo.

ACREDITE SE QUISER

— Itamar, vi dona Filhinha e não reconheci. O que ela fez com o queixo, as orelhas e o nariz? Está virando um monstro.

— Só ela? Não reconheço a maior parte das minhas velhas amigas, de algumas vizinhas. Dizem que estão harmonizando o rosto.

O SOM DO VIOLONCELO NAS PAREDES MORTAS

— Evaristo, por que faz algum tempo que não ouço Neluce tocar o violoncelo? Ficava embaixo de sua janela quando Neluce tocava algum adágio de Vivaldi ou alguma parte da Quinta de Beethoven. Que falta nos faz aquele som na rua silenciosa.

PASSEIAM COM OS CÃES

Jovens, exibindo musculaturas de academia (estão abertas?) e caminhando devagar, conduzem cães que latem por nada, porque só sabem latir. No nosso bairro há trinta lojas de comida para pets. Praticamente as únicas abertas.

POSSO FAZER O QUÊ?

— Aonde pensa que vai com esse roupão velho? Se acha? Imagina que está de *robe de chambre* de seda? Ou pegou em alguma caixa de roupas para os desabrigados?

— Este roupão? Velho, sim. Se roubei de doação? Como você é ruim quando quer! Não se lembra de onde trouxe este roupão? Olha a grife.

— Mal dá para ler a etiqueta, de tanto que lavamos essa peça. Quando você pega gosto numa roupa, usa até ela se desfazer.

— Não se lembra daquela visita ao Inhotim promovida pelo Rogério Tavares? Grande sujeito, levou jornalistas, publicitários, documentaristas. Eu era *public relations*, vivia a boa vida, tinha nome. Lembra-se? Fomos para Brumadinho – sim, aquela cidadezinha destruída pelas águas de uma barragem, trezentos mortos. Ficamos numa deliciosa pousada, a empresa que patrocinava o Inhotim nos presenteou com roupões macios, aqui está o logo no bolso. Perdeu as cores, tanto foi lavado.

— Inhotim, claro! Lindo, os jardins, as esculturas, os carrinhos de golfe que nos levavam para todos os lados para ver obras de arte a céu aberto. Mas o que mais impressionou foi aquele buraco em que a gente grudava a orelha para ouvir sons do fundo da terra, obra de um americano de nome Aitken. Lembra-se, Evaristo? Se bem que faz vinte anos que estivemos lá.

— Claro! Você grudou a orelha naquele buraco, não saía nem a pau. Gente que esperava ficou puta, saiu reclamando. O americano cavou um buraco de 200 metros dentro de uma montanha e instalou oito microfones ao longo do trajeto. Captou o som de lençóis freáticos e barulhos indefiníveis como o estrepitar de rochas. *Chose de loque*, como diziam.

— Pois ouvi muito mais, ouvi vento uivar, ruídos secos, algo que parecia uma gargalhada, gritos, som de cachoeiras. E ficávamos assombrados: de onde saíam tais barulhos? O que eram? Mistérios que nunca serão explicados. Há coisas que fizemos juntos que nunca vou esquecer, me marcaram muito.

— Neluce, e quando fomos a Estocolmo?

— Estocolmo? Fumou crack? Cheirou?

— Queria ver a solenidade, a pompa, a emoção de quem recebe o prêmio.

— Sei onde nasceu isso. Naquele filme, *A esposa*, em que o marido ganha o Nobel e a mulher era quem escrevia os livros dele. Não foi?

— Pode ser.

— Você algum dia sonhou com o Nobel? Tem tantas fantasias malucas nessa cabeça! Metade do tempo você vive com o pé na lua.

— Fantasias malucas? Gosto delas. Custa sonhar?

— Sonhos devem ter um pé na realidade, amor.

— Realidade? Qual a graça da realidade, Neluce? Realidade? Olhe para fora. Essa é a realidade. Quer viver nela?

— Quero viver, Evaristo!

— Deixe-me sonhar, ficar alucinado, sei que nada vai acontecer, mas...

— Sonhos sempre saem do pé no chão. Prêmios? Mas nunca, nunca, nunca escreveu um livro! Nem uma merdinha de uma poesia de quinta, de uma crônica, de pensamentos esparsos. Ganhou medalhas com esses documentariozinhos, feitos com o celular para o supermercado do bairro.

— E era fácil. Ganhei muito dinheiro fácil.

— Verdade. Porque admito: você de repente tem momentos espantosos, ideias incríveis.

— Você falou em pensamentos esparsos. O que é isso?

— Aqueles minilivros que ficam junto ao caixa nas livrarias e que a gente apanha e acha que vão te ajudar a ter esperança. Uma frase por noite antes de dormir. Tipo "Quem não esmorece nunca perece".

— Pegou no meu pé hoje... Por quê?

— Você se entregou. Nesses anos todos de pandemia, você foi se encolhendo. Teus sonhos sumiram, você perdeu o humor, e era o sujeito mais engraçado. Vem ficando chato, desanimado. Você brochou, Evaristo, e isso me incomoda.

— Vou fazer o quê?

— A merda é que todo mundo diz a mesma coisa. "Fazer o quê? Fazer o quê?"

O MALDITO ELEVADOR

Os sons que vinham do interior da terra, naquele furo em Inhotim, me trouxeram o elevador despencando a toda velocidade, não houve como interromper a queda.

MOTOS BARULHENTAS DOS APPS

Elas passam, escapamentos abertos, motores roncando. Elas me apaziguam. Quando não passa nenhuma, vem o silêncio absoluto. Parece que não existe nada no mundo, fico inquieto.

Motos, motos. Uma atrás da outra. Em dia normal, já contei 429 a atravessar meu espaço. Aqui em frente aceleram, o barulho é infernal. Neluce odiava os escapamentos abertos, agora dorme calma. Até me preocupa, tenho a sensação de que não se levantou ontem. Estará tão chapada assim?

ENERGIZANDO AS FORÇAS DESARMADAS

Às vezes, Neluce, me preocupo, acho que você não está dormindo, está drogada, tomou algum ácido em uma viagem sua, como aquelas que tanto vivi nos anos 1970, mas naquele tempo nem sabia que você viria a existir. Minha geração queria sair do eu, em busca do próprio eu. Que eu? Hoje ninguém sabe em busca do que estamos.

Tenho amigos de boa cabeça, que veem tudo muito claro, como o Abranches, a Djamila, a Tati, a Starling, o Tavares, o Martins. Eles escrevem e fazem palestras tentando dizer: o que acontece é o seguinte.

Mas tudo o que dizem não me conforta. Tenho um medo e uma angústia contínuos que desconto em você. Outras vezes, penso que você nem dorme nem se droga, está sedada, ou – meu Deus, que horrível – está morta.

Mas se morreu, como eu não soube? Por que não me entregaram seu corpo – ou, se me entregaram, o que fiz dele? Vou te deixar este bilhete entre um livro e outro, como costumávamos fazer, para que, algum dia, um de nós encontrasse e se divertisse. Um dia no futuro, ou neste passado que corre ao nosso encontro, você puxa um livro e encontra. Pode demorar anos, mas assim sempre nos surpreendíamos. Ríamos muito – porque você me ensinou a rir, libertou aquele homem soturno que eu era. Ou ainda sou? Me diga? Sou?

Rimos bastante, lembra-se? Aquela vez que recebi um cachê em dinheiro, dinheiro bom, todos estranhavam aquela agência pagando em notas vivas, tempo de dinheiro por fora em malas, maletas e mochilas. Cachê que nos salvou, você sonhava com a mesa de madeira de demolição para a sala de jantar. Para usar a toalha que trouxemos de Burano. Ainda voltaremos lá?

Encomendamos a mesa, e como sempre fiz, guardei as cédulas de dinheiro entre dois livros. A mesa demorou, esquecemos onde estava o dinheiro, nos arrepiamos, mas não nos desesperamos, você me dizia "Desça os livros, um a um, todos os 9 mil, até achar o dinheiro". Ria de mim, minha mãe dizia na infância: "Cabeça ruim, bunda paga". O tal empréstimo consignado, truque dos bancos, estava em moda, fizemos um. Por acaso, e nem podia ser de outra maneira, quando a Funesta começou, encontrei as notas, metade se foi em Nebbiolos e boa cepa e muitos risos, até transamos aquela tarde. Como imaginar que o dinheiro estava entre *Serei sempre o teu abrigo,* de Valter Hugo Mãe – que magnífico escritor, adoraria ser amigo dele –, e *O gato*, de Georges Simenon, pequena obra-prima? Por que nunca deram o Nobel a Simenon? Pode? Dois livros e autores tão diferentes, mas importantes para mim. Abrigo, como precisamos de um abrigo, Neluce e eu! Pagamos a mesa, usamos a toalha, te comi em cima dela e da mesa. Onde ficou nossa sensualidade, Neluce? A tua e a minha, a das pessoas, hoje todas ásperas, crispadas, víboras prontas a dar o bote. Impotentes, por isso tantos milhares de psiquiatras exaustos, definhando, o país brochou, daí a avalanche, o jato – como se fosse lava ardente – descendo com bilhões de comprimidos de Cialis, Viagra, Levitra, Vardenafila, Sildenafila, Tadalafila, Alprostadil, Prelox, reposição de testosterona, chás de Maca, de Ginseng, *Tribulus terrestris*, *Schisandra chinensis*, romã com abacaxi, açaí com guaraná, vitaminas com abacate, nozes e banana. Li que assim como o exército do III *Reich*, tão amado pelo Desatinado ou Destemperado, inventou o Pervitin para os soldados lutarem incessantemente, neste nosso país exaurido, as forças, então desarmadas, recorreram à química para se energizar.

DIA NORMAL

Meu Deus, o que é um dia normal?! Como eram os dias normais? O que eram os dias anormais?

MANCHAS NA PELE

Envelhecer é cobrir a pele com Hirudoid gelatinoso, para tirar as manchas que aparecem a cada momento. Num caderninho, anotei 123 manchas, cada uma em lugar diferente.

O QUE PENSAM TODOS?

Passam, passam, aqui passaram a vida inteira. Todo tipo de gente. Por que insistem em passar por aqui, bem à minha frente? Verdade que há anos são cada vez menos. Atravessam o Portal e somem? Ou morrem?

— Como é, seu Evaristo? Podemos visitar sua casa? Seu depósito?

— Para quê? Recebo visitas aqui.

— Aqui é a calçada, a rua, não é lugar para receber ninguém. A gente gosta de conversar com o senhor, sabe tantas coisas! Como sabe? De tanto viver? De tanto estudar? De tanto conversar? Viajar? De tanto ver filmes? Dizem que adora documentários, parece que já foi diretor. Falam muito do senhor. Quem vem acha bom, diz que sai sabendo mais. Diga: como é ser documentarista? O que faz?

— Saem sabendo o quê? Falo trivialidades, coisas comuns. Venho para cá, não quero ficar em casa, minha mulher dorme há dias, deixo-a tranquila.

— Sua mulher? Neluce? Mas não entendo – está viva?! Muita gente ouve o senhor andando para lá e para cá e conversando, perguntando. Às vezes grita, pode-se ouvir tudo, vocês moram no primeiro andar. Curioso, então sua mulher está viva? Ouvi que viram o senhor levando Neluce em um carrinho de mão.

— O senhor não ouviu nada. Carrinho de mão? Filhosdeumaputa de fofoqueiros. Falam muito nesta cidade, falam demais. Chega! Aqui venho para animar, não dá para suportar a casa o tempo inteiro. Aqui num dia encontro meia dúzia de gatos pingados. No outro cinquenta, e um motoqueiro atrás do outro. Aqui olho. Aqui trabalho.

— Trabalha? Nunca vi o senhor trabalhar. Faz o quê?

— Tudo.

— Tudo? Ou coisa nenhuma?

— Questão de ponto de vista.

— Vá, vá, vá! O senhor não quer nada com o batente.

— Ah, é? O que tenho feito nesses anos todos?

— Esse é o seu trabalho? Ficar nesta pracinha?

— Este é meu trabalho, emprego, função, ofício, ocupação, tarefa, dever, encargo...

— Como o senhor é chato! Gosta de repetir palavras, mostrar que sabe português.

— É para marcar bem o que digo. Aqui estou, noite e dia, dia e noite, minuto a minuto, atarefado, me esfalfando.

— Vá, vá, vá! Por isso o país está como está: todos pensam como o senhor!

— E como está o país?

LUGARES DESAPARECEM A CADA MINUTO

— Você está o que, Evaristo? Espantado, saudoso, cansado, vazio?

— Não sei. Um geógrafo que passou por aqui rumo à Terra do Nada me contou que somos os que menos sabemos de nós. De que adianta saber?

— Terra do Nada? O que é isso? Leu *Peter Pan*? É o descampado para lá do Portal?

— Terra do Nada, Terra dos Mortos. Desolado Branco. Deserto dos Tártaros. Não, esse é o título de um belo livro, hoje perdido naquele antigo e monumental depósito dos algodoeiros.

— Verdade que o senhor tem estocadas lá milhões de bulas de remédios?

— Sim, tenho umas 30 milhões de bulas.

— Para quê? O senhor é hipocondríaco.

— Sou bastante, tenho medo de morrer.

— Quem não tem? Principalmente agora com 5 mil pessoas morrendo por dia. Mas de que adiantam as bulas, se não há remédios?

— É bom para conhecer todos os remédios e todas as doenças.

— Para quê?

— Para poder vender se alguém um dia quiser.

— Não entendo.

— Não preciso do seu entendimento, do entendimento de ninguém, faço o que quero, pelo meu prazer.

— Diga, o senhor que fica aqui esse tempo todo. E essa quantidade de servidores que passam com pás e enxadas nos ombros? E o tanto de tratores? Carros funerários?

— Estão indo cavar túmulos, enterrar gente, quase não há mais espaço.

— Acha que estou preocupado com essas coisas? Tudo o que tenho a fazer é entregar o que me mandam, na hora e no lugar certos. Só que está cada vez mais difícil achar os lugares. Muitos desaparecem de um minuto para o outro.

COMO AS CINZAS DE UM VULCÃO

— Evaristo, você me falou um dia que perdeu mais de quatrocentas cartas que escreveu a uma mulher quando tinha 18 anos. Isso ficou na minha cabeça. Mandou quatrocentas cartas? Estava apaixonado? Ou fissurado? Quem era essa mulher? Ainda se lembra dela?

— Lembrar? Para quê? Não foram quatrocentas. Foram 627. Exatamente 627.

— Loucura. Era paixão, delírio? Nunca vi coisa assim.

— Não sei o que era, o que foi. Escrevi.

— E onde estão essas cartas?

— Pergunte à mãe dela.

— E onde está essa mãe?

— Sepultada num desses duzentos e tantos milhões de túmulos cavados pelo Destemperado à nossa volta.

— E por que a mãe é que sabia?

— Porque obrigou a filha a rasgar uma a uma. Rasgar e queimar.

— Mas por quê?

— Vá lá no túmulo, Itamar, e pergunte. Anna me contou apenas isso, que foi obrigada a rasgar. Rasgou, e queimou, e chorou.

— Mas a mãe explicou?

— Disse que estava protegendo a filha. Queria um belo futuro para ela, e eu não era esse futuro.

— E...

— E... Vá lá no túmulo, Itamar, e pergunte.

— Essa mulher, ao que sei... Me foi contado em migalhas... Essa mulher, durante não sei quantos anos, assombrou sua vida. Você era muito complicado, porra! Uma rejeição que doeu demais e você só superou ao conhecer Neluce. Ainda bem que acabou tão bem casado! Todos comentavam como vocês formavam um casal que se entendia, enfrentava a vida, passou por momentos duros, um sempre junto ao outro. Sempre vimos vocês de mãos dadas.

— Neluce me salvou. Eu estava no fundo do poço...

— Desculpe, amigo, mas tenho te sentido desatinado é nesses últimos dias. O acontece?

— Desatinado? Impressão sua. Está tudo bem.

— O que houve? Por que de repente essa Anna voltou ao assunto? Essa Anna, com dois enes, como ela exigia, não era a mulher de seus 17 anos, tida como a mais bela de uma cidade do interior? Você mandava cartas diárias, às vezes duas, três por dia. Veja a loucura: por dia! Era um ritual – você escrevia, corria à posta-restante, logo reaparecia para mandar outra. Paixão? Neurose? Desespero? O quê? Será que você amava tanto a Anna? Veja só, ninguém mais neste mundo diz *posta-restante*, só eu. Você imagina que teria sido boa esposa se tivesse se casado com ela? Ela não sai da sua memória, você nem sabe onde ela mora, se vive ainda, o que foi a vida dela, se vez ou outra pensa um só momento que seja em você. Não se pode passar a vida pensando o que teria sido. Não se pode, e você veio se corroendo por dentro.

— Penso apenas em Neluce, em mais ninguém.

TODOS? QUEM SÃO TODOS?

O que ele sabe de Anna Candida? Morreu, teve um câncer violento. Me contaram que morreu tranquila, apaziguada, depois de uma tormenta no casamento. Casada com pastor, pegou o sujeito na cama com a amante. E a amante tinha uma filha dele.

História antiga, por que Itamar trouxe à tona? Trazer à tona? Cada coisa que penso, deve ser a idade. Nem sequer lembro o rosto dessa Anna, que amei, sim, amei muito, mas ela nem disse *sim*, nem me rejeitou. Não disse palavra, apenas se afastou. Continuei mandando cartas por algum tempo e me pergunto agora: onde estarão essas cartas? E se alguém as encontra em algum lugar, algum tempo? Centenas de páginas escritas, sem me conhecerem, sem conhecerem uma história que não aconteceu, o que vão pensar? O que é ler cartas de gente sem rosto, sem voz, das quais nada se sabe?

E essas pessoas todas mortas e enterradas pelas cidades brasileiras – quem eram? O que foram e fizeram? Quanto se amaram ou se odiaram? Estavam para se separar ou se conhecendo? No momento em que morreram, sem respirar, sufocadas, qual foi a última visão, desejo, pensamento, vontade? Nunca saberemos. Como é estar em cama de hospital, amarrado? Porque sei que amarram. No desespero de se sentir sufocada, a pessoa se debate, desesperada, e arranca os tubos.

E me vem à lembrança a viagem que fizemos, Neluce e eu, à Itália. Ela quis ir a Pompeia. Tinha obsessão com o Vesúvio desde que leu sobre a morte de Silva Jardim, o abolicionista e republicano que, em 1891, aos 30 anos, foi engolido pela cratera do vulcão, num mistério até hoje não decifrado. Teria ele se matado? Ou foi acidente?

No vulcão, Neluce ficou mais de duas horas paralisada, olhando a cratera e as fumacinhas que saíam de várias fendas. Depois, quando descemos para a cidade que a erupção destruiu, ela me disse:

— Você não tem ideia de como o vulcão seduz, puxa, atrai. Me deu vontade de pular, mas desisti ao pensar no que seria não respirar. Ou respirar fumaça e fogo. Morrer sufocada deve ser a pior morte.

A erupção do Vesúvio em 79 – ou seja, há uns 2 mil anos; me perdoe se não sei fazer direito essas contas com a.C. e d.C. – foi das mais catastróficas de todos os tempos. Despejou sobre Pompeia uma nuvem de rocha, cinzas e fumaça no volume de um milhão e meio de toneladas por segundo. Cálculos atuais concluem que a energia térmica produzida foi centenas de milhares de vezes maior que a liberada pela bomba de Hiroshima.

Ficamos horas diante daqueles cadáveres paralisados pelas cinzas do Vesúvio. Gente que morreu asfixiada, os pulmões em fogo. Os mortos soterrados daquele modo se transformaram todos em estátuas de carne revestidas de cinzas, imobilizadas em gestos do cotidiano. Um de caneca na mão. Outros quando se abraçavam. Alguém a correr. O corcunda abaixado ao tentar apanhar algo no chão. A criancinha num canto. O casal que se beijava, a língua de um na boca do outro.

Assim estamos hoje, soterrados debaixo de um branco, como se nuvens de gesso tivessem se derramado sobre o país. Outro dia, Itamar me disse:

— Há mesmo diferença entre Pompeia e o Brasil de agora? Não estamos mortos, petrificados, fossilizados?

Neluce dorme. É melhor que não saiba que continua a morrer gente de maneira tão dolorosa.

VIOLÊNCIA DAS MADRUGADAS INSONES

Neluce e eu comentamos como os dias e as noites perderam os limites. Não existe mais o começo da noite nem o fim do dia. Assim como perdemos a noção de que a noite terminou e o dia começou. Não sei se me entendem, muitas vezes no meio da tarde caímos no sono, porque acordamos muito durante à noite. Outras vezes temos insônia que resiste a qualquer remédio. Lemos nos jornais que nunca se vendeu tanto sonífero, melatoninas, bilhões de antidepressivos, ansiolíticos, chás de camomila e de erva-cidreira, de modo que parecemos zumbis durante o dia, sonâmbulos, zumbis à noite. Nunca vimos tantos programas policiais como nas madrugadas, assaltos, assassinatos, sequestros, feminicídios, machões matando suas ex, os apresentadores com veias moralistas, idolatrando a polícia que mata, e os estupros, a pedofilia, entrando pelas nossas goelas, a violência enaltecida, cada manhã, cada tarde, cada crepúsculo. Há quantos meses, ou anos, não fazemos amor, meu querido? Ela me perguntou. O quê? Não estou te entendendo. Há quantos meses não trepamos, não fodemos, não metemos, não nos chupamos, não colocamos a mão um no outro, não grito de prazer, há quanto tempo esse pau não vem à minha fofa? Há quanto você não ruge surdamente, não escondo a boca no travesseiro, não perco os sentidos?

O MOTOQUEIRO TIROU O CAPACETE

— A máscara, garoto. A máscara.

— Máscara? Para quê? Somos só nós na rua. Qual é, seu Evaristo? Faz anos que o Destemperado aboliu as máscaras. Já apanhei dos milicianos por usar máscara. Calor hoje, hein?

— Outubro! Cada vez pior. Quer uma aguinha?

— Viria a calhar.

De onde tirou essa expressão? Ninguém mais diz "vir a calhar", até eu tinha esquecido. E ele é jovem.

Entreguei o cantil de alumínio, guardado à sombra de uma lona. O motoqueiro tirou um vidrinho do bolso e misturou umas gotas na água.

— O que é isso?

— Nem sei dizer direito. Tem um nome meio coreano, meio chinês, esses nomes esquisitos de remédio. Para desinfetar a água; pode estar contaminada. O senhor tem descontaminador? Se não tem, precisa arranjar. Senão pode até morrer.

— Quem disse que quero viver?

— Alguém passou pelo Portal nas últimas semanas?

— Ninguém passa.

— Quer dizer que chegando ali todos param?

— Ninguém passa.

— Por quê?

— Porque não há nada do outro lado. Caatingas, terras secas, terrenos pedregosos, gretados. Muita quentura. É o vazio, ao menos dizem. Ou planícies, descampados, cidades vazias que vão sendo demolidas para abrir covas. Penínsulas, florestas, abismos. Fala-se em abismos profundos.

Gostaria de contar, mas não consigo – ele é tão jovem! Contar que para o lado de lá há milhões e milhões de sepulturas cobertas de ladrilhos ou azulejos brancos. Essa indústria de cerâmica floresceu durante a praga, a peste, a Funesta ou que outro nome deem ao suplício que nos assola. Mais de duzentos e tantos milhões de sepulturas, que, unindo-se umas às outras, foram com o tempo se transformando no Desolado Branco. Muitas nem têm nome. Muitas mesmo. A maioria? Talvez. Sepulturas sem cruz e sem nome.

— Não consigo entender. Se continuar assim, o que vai acontecer? Do lado de cá ficou o quê? A cidade? E onde estão as pessoas? Nunca vejo ninguém. Há anos apanho minha moto, recebo a sacola, a maleta, o embrulho, o pacote, e vou entregar. Não sei o que tem dentro. Pode ser comida, remédio, bebida, droga, lâmpada, livro, óculos, computador, fruta, água, mola, cortina, vestido, ferramenta, tesoura, celular, pilha, parafuso, laranja, cronômetro, até pneu. Pneu, imagine? Há quanto tempo os carros não circulam? Existe um cemitério de automóveis em alguma parte, milhares de autos apodrecendo, daria uma peça teatral. Por quê? Sei lá o tanto de coisas que as pessoas precisam para viver. Uma cidade deveria ter gente na rua, mas está tudo vazio. Aperto campainhas, coloco senhas – tenho milhares arquivadas no celular; quem não tem não consegue emprego. Há anos, e ponha anos nisso, uma abertura aparece na parede, no muro. Coloco ali o pedido, digito o número do apartamento ou, sendo casa, digito a senha. A abertura se fecha na hora. A quem entrego coisas?

— Assim são as cidades. Parecem vazias, mas ainda há alguma gente nos prédios, nas casas, nos condomínios. Há gente na periferia, atrás das portas dos restaurantes, dos supermercados, dos bares lacrados, das farmácias. Todos trabalham on-line. Digo isso porque espero que haja gente lá. Tomara que venha alguém. Teria muito medo de estar sozinho no Brasil, eu e ninguém mais.

— Tem sempre eu. Tem os outros motoqueiros também. E por que nunca vemos ninguém?

— Porque ninguém se atreve. Ele ainda pode estar aí.

— Ele? Ele quem?

— O vírus.

— O vírus? Está louco, Evaristo? Nem se pode dizer essa palavra! Há anos não existe. O senhor nunca acreditou no Destemperado? Faz anos que estamos livres.

— E os que morrem?

— Morrem de uma doença enviada por outros países...

— Enviada? Como? Como se manda uma doença de um país para o outro? Conversa, *fake news*.

— Ou é a tal guerra química. Ou então a nuclear.

— Nuclear? Não. Ninguém sabe o que é. Não tem mais ninguém para explicar.

— Ah, é. Eu mesmo carreguei em carrinho de mão o meu pai e a minha mãe e enterrei a 500 metros daqui. Depois fizeram o Portal e ninguém mais passou. E nesta cidade? Afinal, como vivem?

— Vivem? Sei lá! Cada um acha jeito. Como eu. Não estou vivendo? Você também está. Melhor viver sem perguntar como.

— Mas, puta merda, ninguém atravessou esse Portal? Ninguém foi para lá? O que impede?

— Nada, a não ser a crença de que não adianta. Pode ir, fazer o que quiser, mas não adianta. Vai dar em lugar nenhum.

— Ninguém tem curiosidade? Vontade de ver uma coisa diferente? Porra, todo mundo nessa e ninguém quer ir embora?!

— Para onde? Se vamos, temos de saber para onde. Ir por ir? Melhor ficar e esperar. Muitos estão esperando.

— Não vou morrer esperando... O senhor está sempre aqui. Nunca viu ninguém passar e depois voltar?

— Alguns voltaram. Fora de si, não diziam coisa com coisa. Mas há muitos anos, e ponha também muitos nisso, ninguém mais está dizendo coisa com coisa. Às vezes nem entendo a língua que falam. Mas por que me faz tantas perguntas? O que quer? Tem vontade de passar para o outro lado?

— Eu? Sou louco? Mas, se quiser, posso ir!

O motoqueiro ficou por longo tempo olhando o Portal. Pensava: para mim, é uma porra de uma porteira velha erguida no meio de uma planície.

SE A DECÊNCIA TIVESSE ALGUM SIGNIFICADO

— Evaristo, ficou louco? Gargalhando? Do quê? Que programa está vendo?

— Nenhum. Abri a gaveta da minha mesa.

— E o que há de tão engraçado na gaveta de uma mesa de trabalho?

— Vi o tanto de dinheiro que jogamos fora.

— O quê? Qual é?

— Apólices de seguro de vida. Seguro da casa. Se ela pegar fogo, for roubada, os vidros se quebrarem... nos pagam. Poupança, aplicação em ações, investimentos que deram em nada.

— Como é que é?

— As seguradoras. Gastamos um dinheirão durante anos em seguros de casa, de vida, de morte, em planos de saúde, em pagamento de funeral em um cemitério de primeira.

— E daí?

— Cemitério de primeira. O país virou um cemitério. Quem está preocupado em ser sepultado?

— Se eu for, me respeite, me dê uma coisa decente.

— Se a decência tivesse algum significado, hoje.

NEM MENÇÃO

— Evaristo! Estamos casados há tantos anos, muitos mesmo, e nunca ouvi você dizer uma só palavra sobre sua ex-mulher, seus filhos. Nunca abriu a boca, jamais fez uma só menção a esse passado. Foi tão horrível assim? Nunca confiou em mim o suficiente? Nem para desabafar, tirar de dentro, esvaziar? Digo isso, e você me olha sem expressão nenhuma. Tem dias que você fica assim, impenetrável. Foi tudo tão traumático que quer esquecer para sempre? Vamos, fale. Diga alguma coisa. Uma coisa só que seja.

PASSEIAM COM OS CÃES

Aposentados, caminhando devagar, conduzem cães que latem a cada pessoa que passa – e passam tão poucas! A solidão é a marca destes tempos.

Os donos – que são ou muito pacientes ou zumbis – levam saquinho plástico. O cachorro para, caga e mija na calçada. Eles limpam tudo e seguem, impassíveis.

TUDO DE QUE VOCÊ NÃO PRECISA

Banca do Evaristo.
Aqui você encontra tudo de que não precisa.
Todas as inutilidades para satisfazer sua ânsia de consumo.
Libere-se!

O CAMINHO DO NÃO RETORNO

Nem todos sabem ou comentam, mas o Portal tem outro nome: Porta do Não Retorno. Da mesma maneira que, em Veneza, a Ponte dos Suspiros era onde os prisioneiros a caminho das trevas dos calabouços viam a luz pela última vez.

RETALHOS DA VIDA COTIDIANA

— Você ainda me ama, Evaristo?

— Claro! Por que não?

— É que acho que estou enjoando de você.

— Bem, confesso que tem dias que não posso te ver.

— Não percebeu que me enfio no quarto e não saio? Você me dá alergia, me coço toda.

— Pois eu, certos dias ao te olhar, quero vomitar.

— Mas tem hora que te amo feito louca.

— Louco fico eu, a ponto de querer te esganar, apertar seu pescoço até a morte.

— Às vezes penso como seria bom estar aqui sem você.

— Acho que já estou morto.

— Sem você me mataria, putaqueopariu como te gosto.

— Certeza que vou morrer antes, prepare-se.

— Se eu morrer primeiro, você cuida de tudo? Não quero passar frio, feche meus olhos, tenho horror de imaginar que posso ser enterrada de olhos abertos. Será que é escuro lá?

— Lá onde?

— Lá! Enterrada. Será que é frio? Você ficaria comigo, me vigiando um tempo? Ou para sempre?

— Vigiando?

— Me olhando, cuidando de mim como sempre cuidou? Me cuide com todas as suas impertinências. Como é louca a vida de um casal.

— Acho que você cuida mais de mim, Neluce, do que eu de você.

— Você não me abandona?

— Sei lá, sei lá...

DICLORIDRATO DE BETAISTINA

Cada comprimido de Labirin 24 mg contém dicloridrato de betaistina (equivalente a 15,631 mg de betaistina). Excipientes: ceulose microcristalina, manitol, ácido cítrico monoidratado, dióxido de silício e talco.

BOLOS DE FUBÁ POLVILHADOS COM CANELA

Dos fornos – quais fornos? – vêm nos finais de tarde o cheiro perfumado dos bolos de fubá polvilhados com canela e açúcar. Ainda. Quem bate a massa, assa, corta em fatias, passa manteiga nelas?

QUEIJO FAZ ESQUECER

Nunca me esqueço. Minha mãe, minhas tias, as amigas delas – todas morreram há muito tempo –, bem, elas sempre diziam: "Não coma queijo, queijo faz esquecer. Você vai perdendo as lembranças." Por que me lembrei disto agora?

A ÚLTIMA PASSAGEM DOS ESFOMEADOS

— Venha, Neluce, corra, corra ou você vai perder.

—

— Neluce, venha logo, está acabando.

—

— Por sorte eles andam devagar. Fazem parte do Desfecho Final, plano do Ministério da Cidadania do Desatinado. Esfomeados estão sendo mandados para além do Portal, para as terras quentes, onde ficarão expostos ao sol até murcharem, as carnes se desprenderam dos ossos, acabando reduzidos a pó. Venha logo, Neluce. Já quase não sobra ninguém.

—

— Não disse, meu amor, eles se foram do Brasil. Nunca pensei que fossem tantos. Lembra-se como o Desatinado reclamava? Como ele odiava esfomeados, miseráveis, indigentes, gente negra, queria uma nação de brancos, cabelos loiros como as pessoas de Miami, saudáveis. Passaram por aqui aos milhares...

— Você precisa sair desse quarto, meu amor. A vida acabou para você? Não tem mais nenhum interesse em nada. Onde está aquela minha Neluce? Onde está?

NÃO PERTURBE, *DO NOT DISTURB*

— Evaristo, você é pancada? Lelé, louco, tonto, esquisito? O quê? Nunca consigo te entender. Por que essa tabuleta na frente de sua banca, desde ontem? Não perturbe. Como? As pessoas vêm comprar e você dá um chute no saco?

— Isso mesmo, Itamar. Não me perturbem, não venham, fiquem longe, não encham meu saco. *Do not disturb*, como nos hotéis.

— Mas se a pessoa não pode chegar, não vai comprar.

— E eu lá quero que venham? Itamar, que tipo de gente vem aqui para o que vendo? Apenas coisas inúteis quebradas, que perderam a validade, fora de uso, fora de linha, coisas que não servem para nada? Quem quer uma casca de ostra vazia, um teclado sem teclas, uma caneta-tinteiro sem tinta, uma lanterna sem pilhas, uma boneca de olhos vazados, um tubo vazio de creme dental, e assim por diante? Quem tem coragem de vazar os olhos de uma boneca? Uma máquina de escrever. Ninguém sabe o que é.

— Tem razão, Evaristo, bom que você existe para mostrar a realidade, devia ter mais gente como você.

— Se tivesse outras, o mundo estaria fodido.

— E não está?

— Não te entendo.

— E eu entendo você menos ainda.

— Quem somos?

— Quem somos? Deus, diga quem somos, mas diga já o que você quer. Por que quer? Somos? Será que somos?

DIAS E DIAS EM SILÊNCIO

Há períodos de total silêncio, não passa vivalma. Ninguém. Não sei o que acontece. Todos terão suas comidas, remédios, bebidas, papel higiênico, calçados? Calçados... Para quê? Não saem mais de casa. O que é estranho, porque, durante anos e anos, o Destemperado foi para as ruas cuspindo e gritando:

— Isolamento para quê?! Isolamento é ditadura! Com o isolamento, não haverá economia, produção, PIB, deflação, juros, Bolsa, taxa Selic, bônus, gastos, ações, liquidez, gestor de recursos, investimentos, crédito, débito, *startups*, inflação, superávit, enriquecimento, aplicações, CDBs, Pix, ativos, poupança.

O Destemperado que nos governa e todos os seus apoiadores de porta de palácio. Talvez tenham morrido, não há mais notícias.

O silêncio é enlouquecedor. Terá chegado a grande paz prometida?

OBJETOS QUE SOMEM PELA CASA

Apanhei uma faca para romper o plástico que envolve um livro. Tenho encontrado muitos livros que comprei e nunca abri, ficaram perdidos.

Neluce riu, nem fica mais irritada:

— Claro, você nem sabe mais que livros tem! Compra, larga, não lê. Há quanto tempo não lê um livro inteiro? E o tanto que vai para aquele depósito que você invadiu! Nunca ninguém reclamou? Leva todo tipo de treco para lá. Qualquer dia, vou e arrumo aquela bagunça.

Não respondi, porque não sei. Também não sei onde deixei a faca. Tem sido assim: apanho um objeto e ele desaparece. Para que me importar com isso?

NADA A FAZER SENÃO ESPERAR

— Seu Evaristo! Ei, Evaristo! Dormindo?

— Cochilando um pouco...

— Cochilando? Cansado de quê? Cuidado, alguém passa e rouba o senhor.

— Seria alguma coisa diferente. Queria ver.

— Trouxe um marmitex. Não sei que prato é. Tirei de uma sacola. As pessoas andam tão zuretas que nem sabem o que pediram e o que entrego.

— Não fosse você, Ugo, eu morria de fome.

— Ugo sem agá, o senhor sabe.

— Sem agá. Por acaso pronunciei o agá? Me desculpe.

— Pronunciou certo. Peguei o maior marmitex que foi possível, assim o senhor divide com sua mulher. Como vai ela? Há quanto tempo não a vejo! Está doente? Praga Funesta?

— Que nada! Fica lendo e vendo tevê. Não quer sair. Tem medo.

— Natural. Ainda bem que o senhor está sempre no seu posto. Corajoso. A gente gosta de passar por aqui, bater um papo, trazer notícias. A gente se sente bem com o senhor.

— E vocês, motoqueiros, me animam os dias. Tenho medo de que me abandonem.

— Que nada! Sei que os motoqueiros passam, trazem coisas. O senhor é divertido. Às vezes não entendemos o que diz, parece *fake news*. Gente doida é interessante, nada desses paspalhos que vivem em escritórios.

— Ugo, será que você não sabe que os escritórios desapareceram há muito?

— Sei, trabalham em casa, e isso é bom: tenho entregas para fazer.

— Os que estão vivos? Não se sabe mais quantos estão vivos!

— Só não sei como funcionam esses fornecedores. Mas foda-se – me pagam. Os celulares estão cada vez piores. Tem entregador desistindo, não consegue comunicação. Dizem que a energia está cada dia pior também. Os bairros que se esvaziaram vivem no escuro. Que importa? O que está fazendo hoje?

— Nada. Não há o que fazer senão esperar. Vejo pessoas passarem. Poucas. Às vezes levam dias e dias para darem as caras. São sempre as mesmas. Algumas desaparecem, penso que morreram, mas de repente ressurgem e me cumprimentam, como fazem há anos. Imagino que sejam anos.

— E o caracol não ajuda?

— Quando ele chega em cima, sei que se passou uma semana. Aí cai morto, e tenho de esperar que outro apareça. Acho que brotam da terra, não sei como e onde nascem. As semanas e meses ficam por conta de minha imaginação. Vou descontando dias e dias, mais e menos. A que ano teremos chegado? Isso é fascinante, Ugo. Todas as tardes, pego esta mesma cadeira e coloco junto ao portão, para olhar a noite chegar, as pessoas passarem, os cães mijarem nas árvores e nos postes. Também as corajosas moças da fábrica de lâmpadas de LED saírem do trabalho, irem para casa. Sei quem é cada uma delas, pelo menos as mais antigas, as que envelhecem devagar, dia a dia. Dizem que vão fechar e substituí-las por robôs. Vão ser muitos, milhares.

— Seu Evaristo, a fábrica está desativada desde que me conheço por gente!

— Vazia? Desde quando? Como não vi as pessoas irem embora?

— A fábrica foi abandonada de vez há seis anos. Não ficou ninguém. As máquinas estão lá. No começo roubavam peças, ferro para vender como sucata, mas até os sucateiros sumiram.

— Ou morreram? Despediram todos? Ou o quê?

— O que o quê?

— "O quê?" digo eu.

— E eu então...

A FALAR SOZINHO

— Evaristo, Evaristo, sou eu, Itamar, aqui, olhe para baixo, estou aqui na rua.

— Itamar, o que faz uma hora dessas?

— Nada, como você. Me diga, Evaristo, já voltei aqui três vezes, estou meio encatiçado, você fica nessa janela, fala sozinho, aponta para algum lugar, fala. O que está acontecendo? Você está bem?

— Converso com Neluce.

— Neluce? Neluce está aí?

— Dorme, Itamar! Acabou de voltar ao quarto, ficamos aqui na janela longo tempo. Assim passamos as noites.

— Já passei trezentas vezes aqui embaixo, quieto, te observando. Você fica aí a falar sozinho, Evaristo. Nunca vi Neluce.

— Impressão sua, meu amigo, obrigado por se preocupar, está tudo bem. Vou me deitar.

GRAFITES QUE DESAPARECEM

"Não vivemos uma época de gentilezas. Ninguém diz bom-dia, por favor, obrigado, com licença, me desculpe, muito grato, por favor, a senhora primeiro, ou o senhor, venha com calma que seguro a porta, vá com Deus, não faz mal se não tem troco, são uns centavos."

Longa pichação no centro vazio e arruinado da cidade, por onde ninguém passa, portanto, ninguém lê.

TIQUES IMEMORIAIS

Todos põem a mão na testa o tempo inteiro. Depois apanham o termômetro no bolso e medem a temperatura. Cada um carrega também um aparelhinho grudado na ponta do dedo para medir a oxigenação do corpo. Sorriem, aliviados. Ou então se exasperam, atiram o termômetro no chão e desaparecem, nervosos.

Por anos em todas as lojas, bares, o que fosse, era necessário medir a temperatura para entrar. Depois deixaram de lado, cansaram, esqueceram.

VENHO TE MOSTRAR OS SEIOS

— Verdade, seu Evaristo, que esse prédio vazio colado ao seu nunca teve um inquilino ou escritório por praga sua?

— Quem disse isso?

— Ouvi. Ou vi num meme. Ou no WhatsApp.

— Essa gente não tem o que fazer? Tem sentido rogar praga contra um prédio? E eu lá sou de rogar pragas?

— Esquisito o senhor é. Sabemos disso. Confunde os dias, ontem é amanhã, hoje é ontem...

— Pois o que dizem é uma versão estúpida de minha raiva.

— O povo gosta de falar.

— Está todo mundo fechado em casa e falando dos outros.

— E a praga, Evaristo?

— A coisa é séria. No começo da pandemia, deu a louca nas construtoras: construíam, construíam prédios cada vez maiores, mais largos, com centenas de apartamentos mínimos, onde mal cabia uma cama. Prédios sem garagem, tudo perto do metrô. Metrô que funcionava mal, antes de tudo parar de uma vez. Todo dia os trens paravam, havia greves, vagões quebravam, faltava energia. Uma bagunça. O dinheiro, guardado em algum lugar, de repente apareceu. Ninguém suportava mais os bate-estacas. Betoneiras girando o dia todo. Concretagens noite e dia, gritos, berros, trânsito infernal. Caminhões imensos espalhavam terra pelas ruas, junto ao meio-fio corria um riacho de lama, emporcalhava calçadas, estragava sapatos. A poeira subia, a cada dia, cada momento, tínhamos de limpar móveis, a poeira grudava em tudo, de nada adiantava fechar as janelas. Foi quando mudamos do terceiro andar para um andar no alto, o 27º andar. No comecinho da pandemia estava fácil arranjar apartamentos vazios, eram milhares, placas de aluga-se, vende-se, troca-se estavam afixadas em todos os edifícios. Insuportável, pensamos em mudar para o interior, para algum lugar distante. Não conseguimos. Então, aquele elevador despencou, desceu como foguete do 27º andar. Se já estávamos desesperados, aquilo acabou com a gente.

— Elevador? O que houve?

— Não quero falar disso. Nem vou, não posso. Não posso nem lembrar. Praga! Estupidez, você acredita que praga pega? Talvez funcione contra pessoas, sei lá, mas contra ferro e concreto? A acreditar nisso, roguei praga contra esta cidade. Está quase tudo vazio, podre, aos pedaços.

— Dizem que o senhor mudou dez vezes...

— Para fugir daquele prédio... Queríamos paz. Neluce estava mal.

— Depressão foi o que mais deu, está dando, vai dar, ainda mais com esse Desatinado no governo.

— Enfim, encontramos este prédio aqui. Tinha vista por todos os lados, via-se muito além do Portal, víamos árvores, um parque, a depressão de Neluce passou. A sensação de estar confinado, sem ter para onde olhar, terminara.

— Mas a especulação não parou, a onda refluiu para cá.

— Este prédio era claro, arejado, grandes janelas, luz. O apartamento era alegre. Mas um dia, havendo nesta cidade um milhão de terrenos vazios, eles vieram exatamente para onde? Para cá, do meu lado. Para erguer esse monstro colado às nossas paredes. Fecharam as janelas, o terraço ficou devassado, a frente de um puxadinho tirou a visão de além do Portal, nossa casa escureceu. Não era mais a nossa casa, era um tugúrio. Não dá para viver nas sombras.

— Por que não se mudaram?

— Outra vez, outra vez, quantas vezes? Estou cansado, velho, Neluce baqueou, essa Covid, que todo mundo chama de Funesta, se esparramou, foi matando, matando ela, Neluce, fechada em casa, aprisionada, o jeito era se trancar na casa escura, na falta de paisagem.

— Daí a praga contra o prédio?

— Que praga? Esse prédio nos deixou mal. Com tudo o que está acontecendo, ainda vivemos isolados como que numa solitária, com uma parede grudada na nossa. Um homem escolhe um lugar para viver, e esse lugar significa tristeza. É isso, minha jovem...

— Por que me chama de minha jovem? Coisa irritante!

— Não sei o seu nome.

— Mariana. Preciso ir, meu senhor. Daqui a pouco vou fazer uma plástica nos seios.

— Para quê? São lindos.

— E falsos. Depois da cirurgia, venho mostrar.

— Vem mesmo?

Não venha. Neluce tinha os mais lindos seios do mundo, a vida inteira durinhos, não sei como ela conseguiu. Será que conheci mesmo Neluce esses anos todos? Ela escondeu alguma coisa de mim?

VIVENDO EM UMA CASA JAPONESA

— Meu amor, foi um tempo divertido, a gente mudando de culturas, com a invasão de filmes japoneses e nossos passeios ao bairro da Liberdade para comprar saquê, doces de feijão, quimonos, comer *yakisoba*, *sukiyaki*. Agora, as pessoas chegam e tiram os sapatos no hall do elevador. Compramos tapetes com desenhos japoneses para os visitantes – e também para nós – deixarem os calçados sobre eles, em respeito aos que aqui moram. Tirar os sapatos para não trazer contaminação vinda da rua, sugeriram os protocolos da saúde contra a Funesta. Vivemos em uma casa japonesa, só faltam as paredes de papel, os jardins com influência oriental, água e pedras, bonsais. Isso me traz tanto aquela época de filmes como *A casa de chá do luar de agosto, Suplício de uma saudade, A casa de bambu, Madama Butterfly, Sayonara,* além dos clássicos de Kurosawa, Ozu, Mizoguchi. Íamos às sessões do Cine Niterói, na Liberdade. Aquele mundo se foi, as salas caíram em ruínas. No tapete do nosso hall, estão apenas as nossas sandálias de sair, quando, vencendo o pavor, saímos. Ninguém mais visita ninguém.

AO MENOS A GENTE SE RESPEITE

— Evaristo, venha cá. Faça-me o favor, essa não!

— Essa não o que, Neluce? Por que a fúria?

— Olhe ali na sala. Cueca no chão, calça do pijama na mesinha de centro, chinelo embaixo da mesa. Pura bagunça! O que significa isso?

— Ontem, devia estar sonado, corri para o banheiro e devo ter me esquecido depois. Mas e daí? Hoje eu guardaria tudo.

— Mas e se alguém passasse pela sala?

— Ninguém passa pela sala, meu amor. Ninguém visita ninguém há quanto tempo?

— Mas o problema não é esse. Eu estou aqui, eu passo pela sala. Hoje é assim, amanhã fica outra peça de roupa, uma cueca suja, uma meia fedida, um sapato, um prato meio comido. Daqui a pouco é a bagunça total, e a bagunça leva à desordem. Acha que me sinto bem no meio de um chiqueiro?

— Também não exagere.

— Deixa hoje como está. Amanhã relaxamos e fica outra coisa solta por aí. Vamos nos acostumando devagar, até virar um pardieiro. Um chiqueiro.

— Também não chegamos a esse ponto.

— Quem arruma sou eu. Você nem percebe.

— Tenho ajudado.

— Quando não passa o dia inteiro na praça, na banca. Vivo nesta casa, me respeite! Não éramos assim antes. Vamos continuar a ser o que éramos.

Ou vai ser foda, penso. Confesso que você começa a me encher um pouco o saco.

— Me desculpe, amor. Eu sei, temos que nos cuidar, voltar a ser o que éramos um para o outro.

— Como se fosse possível! Sabemos que não é. Assim, que ao menos o respeito entre nós dois não se dissolva nesta meleca geral.

PASSEIAM COM OS CÃES

Jovens em moletons grudados na pele, caminhando em passo de academia, ritmado, conduzem cães estranhos – de que raça serão? – que latem para todos os que se aproximam. Mas, é verdade, só se aproxima gente a cada quilômetro. De onde são essas pessoas?

APENAS 87 “BONS-DIAS” E “BOAS-TARDES”

Pelas minhas anotações, hoje cumprimentei apenas 87 pessoas. Pergunto a cada um o que se passa, respondem que tem gente morrendo, mas que também tem gente, principalmente jovens, tentando ir para os Estados Unidos – ou Inglaterra, ou Itália – para arrumar emprego. Os cientistas já partiram. Dizem todos que o governo está com incentivos para cursos de alquimista.

NELUCE SOUBE NO PRIMEIRO DIA

Está tudo claro. Quando veio a ordem de fechamento, Neluce andou pela casa inteira, como se nunca tivesse visto este apartamento. Como se estivesse olhando para alugar ou comprar. Demorando-se em cada detalhe, surpresa, contente, ressabiada, inquieta. E, no entanto, aqui moramos há décadas. Não me esqueço, antes de nos casarmos, o tanto de aluga-se que visitamos até nos decidirmos. Muitas vezes, por pura sacanagem, pedíamos para olhar, recebíamos a chave, subíamos e transávamos lá, depois íamos embora. Não imaginam o que é transar em um lugar vazio, chão carpetado. Era excitante pensar que poderíamos ser surpreendidos. Três vezes, corretores apareceram. Uns sacanas, desconfiados, ou sabedores do que se passava, porque a vida inteira fizeram a mesma coisa, mostrar casas, apartamentos, terrenos, cômodos vazios, sítios, fazendas, loteamentos, fosse o que fosse passível de ser alugado ou vendido, respondendo sempre às mesmas perguntas, o preço, prazo, documentação, alternativas. Ríamos aturdidos, como é possível passar a vida dizendo as mesmas coisas, sobre os mesmos produtos. Aqueles filhosdamãe que foram atrás nos surpreenderam, Neluce sem calcinha, rindo, eu, encabulado. Ela sempre teve mais humor, levava a vida mais solta. Então, naquelas vezes levamos o que era chamado uma boa descompostura. Palavra que desapareceu da fala comum, do dicionário, dos hábitos. Compostura e descompostura. Leves transgressões que nos deixavam felizes. Veio aquele dia de março de 2020 em que foi decretada a quarentena – uma das centenas de novas palavras que entraram para o cotidiano, nos 5.568 municípios deste país. Quarentena, *lockdown*, isolamento social para evitar a disseminação do vírus.

Mas houve confusão, muitos estados não aceitaram a quarentena, não acreditaram. A Funesta, ou Infame, tinha chegado vinda de Wuhan, ou seja lá qual for o nome da localidade chinesa, sobre a qual jamais tínhamos ouvido falar. Comércio fechado, lojas, bares, academias, restaurantes, o que fosse. “Fiquem em casa o máximo que puderem", diziam os comunicados estatais. Por outro lado, o Destemperado, ou Desatinado, ou Desenfreado, ou Desorientado, ou Destrambelhado, ou Labiríntico, mandou que abrissem tudo, cagassem para tudo, nada nos ameaçava. São tantas as formas como é chamado esse ser indefinido, inumano, solípede, crustáceo, que diz governar o país, que me perco, atolado.

Naquela noite de março de 2020, divisora de águas, fronteira entre estultice e seriedade, limite entre sim e não, barreira, muro, entre ódio e amor, Neluce passeou pela casa, cômodo a cômodo, e disse: "Agora vamos viver aqui dentro, eu e você. Mais ninguém. Ninguém virá nos visitar, não iremos visitar ninguém."

Sim, apenas você e eu. Nos suportando, amando. Conversando, insultando, desculpando, culpando. Brigando, reconciliando, rindo, adoecendo, veja só, adoecendo, trepando. Desconfiando, arrependendo, se calando, se pegando cheios de culpa, que merda essa culpa. Até nos cansarmos. Até o momento de não sabermos mais o que fazer um com o outro. Talvez nos matarmos.

Vivendo juntos. Grudados, ligados, dependentes, comendo e bebendo, fazendo comida, até enjoar. Brochando, sem ter como dizer, estou indisposta. Ou você jurando hoje não quero, não posso, estou com enxaqueca. Bebendo. Como nunca! Vinho e cerveja, conhaque e tequila, *one shot*, cachaças mineiras, *pastis*, *poires*, *acquavite*, cervejas, chopes. O que puserem dentro das garrafas.

Amanhã nenhum querendo. Ambos deitados na cama, a olhar um para o outro. Diferentes, indiferentes, alheios a tudo, como se o outro não existisse, fosse o inferno – mesmo tendo sido o paraíso. Como se fôssemos estátuas de plástico, manequins de vitrine, desejos evaporados. Volatizados como lança-perfume em um lenço.

Ela falou, falou, falou. Depois se calou. Ficou em silêncio por três dias e continuamos juntos por anos, nos amando e amparando. Um muleta do outro. Cuidando e ficando exaustos, a ponto de ficarmos enojados, e desesperados sem saber como descobrir, inventar, criar, algo novo, diferente, excitante, gostoso, amoroso. Um no outro, após fazer, refazer, reencontrar, tentando evitar a mesmice, o igual.

Já tínhamos explorado tudo. Cansados de nós mesmos, às vezes caminhávamos pela casa desviando um do outro. Sem ver o outro. Sem querer ver o outro, sem tocar, sem admitir a existência. Dois invisíveis um para o outro. Estando ali, sem estar, sem ser isto, sem querer ver. Invisível, sem esconder. Penso que todos. E quando digo todos me refiro a famílias, marido e mulher, namorado e namorada, amantes, noivos, amigos, pais e filhos, homens e seus maridos, mulheres e suas esposas, namoradas. Todos passamos por essa experiência. Esse momento de desaparecimento total. Portanto, solidão. Então, de repente, ela me agarrava, me beijava, e eu não me decidia. Ela desejava, e eu podia/não podia, queria/não queria. De repente era capaz. De nada adiantava tudo. Nada, nada, na maior parte do tempo. Estávamos secos. É a pior fase, a secura dos sentimentos. Compramos vídeos eróticos, livros pornográficos da pesada, já tínhamos nos explorado em nossa totalidade. Na fantasia exacerbada. Epa, *exacerbada*, de onde tiro palavras como esta?

Exaustos de nós mesmos. Nos fechávamos em um quarto, na biblioteca, no estúdio, na cozinha, no quarto da empregada, ou passando horas e horas e horas na janela olhando para a cidade. Que ora se movimentava, ora tinha uma manifestação a favor, outra contra, querendo nada, pedindo tudo. Manifestação desenfreada. Ora a rua estava deserta, silenciosa, monotonia espantosa. Anos e anos, sete, oito, nove. Quantos? Tempo desaparecido. Dormíamos de dia, acordávamos de noite, dormíamos dois, três, quatro dias seguidos. Como é possível, estamos doentes? Pegamos a Funesta e nunca soubemos? Aquilo foi nos impulsionando a buscar um modo de evitarmos nos matar, nos bater, sair correndo. Por sorte, inventei a banca de inutilidades. Deu certo, até hoje não sei o motivo, passava lá o dia inteiro, como ainda passo. Deprimidos, eufóricos. Putos com tudo. Putos um com o outro. Viver como nunca vivemos. Viver como ainda não sabemos viver, dentro de quatro muros, sem poder sair, receber, celebrando com a tevê, o *streaming*, séries e séries e séries, rádio, o celular, o laptop, o computador, os livros, as revistas. Aparelhos que morriam à medida que acabavam as pilhas, falhava a precária eletricidade ou energia eólica, solar, ou de usinas que apodreciam sem manutenção. Sabemos que em alguma parte robôs eternos, filhos/netos/bisnetos dos motos-contínuos nos alimentam. Fugindo para se refugiar nos *games* como Banco Imobiliário, War, Super Mario, Harry Potter, Perfect Dark, Half-Life (é o que estamos vivendo), Portal, ora, veja, Portal, e temos o nosso, para que serve? Gears, The Legend of Zelda, Mass Effect, e jogávamos uma, dez, cem vezes. Repetíamos, repetíamos, repetíamos, repetíamos, repetíamos, repetíamos, repetíamos à exaustão.

QUADRINHO DE PAREDE DA SALA

Nasci, cresci, vivi, sonhei,
fui amado, desamado,
nem sempre terminei
tudo o que comecei.
Desisti de tantas coisas.

Evaristo

APÓS SONHOS ATRIBULADOS

Agora de manhã, acordei e fiquei espantado. Achei que ainda dormia. Não. O que vou fazer? Não sei. Chamar Neluce e contar? Claro que ela vai gritar: "Enlouqueceu de vez, não tem mais jeito, agora acabou tudo!" Preciso ficar bem desperto, tomar um banho, refletir.

Acontece que caí das nuvens ao despertar e olhar para o relógio da sala. Gritei tão alto que não sei como Neluce não acordou. Ontem? Outra vez? Ontem? Não, não pode ser. Piração minha?

Ressabiado, faz meses que venho observando o relógio. Para ter certeza, não falei com ninguém. Nas últimas semanas, andam me olhando esquisito na banquinha. Mas aconteceu. Está ali, no mostrador. Como é possível eu ter acordado ontem e não amanhã? Erro do relógio que, desarranjado, girou ao contrário? Se o relojoeiro Bazzoli estivesse vivo, seria mais fácil saber.

Lavei o rosto com água gelada, para acordar melhor, e corri para a sala. Toda vez que faço isso, lembro-me da cena de um filme com Faye Dunaway, em que ela acorda às cinco da manhã para ir ao estúdio de cinema e mergulha o rosto na pia cheia de gelo. A pele ficava como a de um bebê.

O relógio de parede da sala, que pertenceu a meu bisavô, meu avô e meu pai, registra sete da manhã, quinta-feira. O velho mecanismo jamais falhou.

Quinta-feira, 12.

Como? Hoje deveria ser sábado, 14.

Deixo para lá. Por que me preocupar? Coisas assim acontecem. Amigos me têm dito que também estranham, parece que os dias estão retrocedendo. Pouco importa. Qual a diferença?

NELUCE, ACORDE – VOCÊ PRECISA VER

— Abra esses olhos, meu amor. Uma coisa louca está acontecendo. Venha ver, acredite em mim, não pense que estou pirando. Abra os olhos, meu bem. Venha olhar o relógio na sala. Não quer ir agora? Deixo para depois.

O TEMPO VIROU UMA BAGUNÇA

Nos dias seguintes, os relógios continuaram a andar para trás. Ninguém reclamou. As redes andam silenciosas – não estão atinando com o fato? Também, quem se incomoda com horas, minutos, datas? Não há compromissos, acordos, horários, encontros, contratos, convênios, projetos, transações, pactos, acertos, convenções, nada. O país parou.

De noite me sentei, outra vez, diante do relógio, a observar os ponteiros, como faço desde a primeira manhã em que tomei consciência dessa marcha à ré esquisita. Observei o refluxo, segundo a segundo, minuto a minuto. Horas – cinco horas, dez horas. Nada a fazer senão contemplar os dias a regressar sobre si mesmos. O quê? Dias regressarem sobre si mesmos?

Ali permaneci um, dois, três dias. Só bebi água de uma antiga garrafa de leite Paulista, coisa de colecionador.

CHEGAREMOS À PRÉ-HISTÓRIA

Continuando assim, chegaremos ao início do mês, do século, do milênio, da origem do homem e da Terra? Que emoção voltar 4 bilhões e 600 milhões de anos. Um mundo virgem, puro, tudo por acontecer. Será tudo igual? Ou voltamos conhecendo tudo o que conhecemos, usando o que já aprendemos e que trará vantagens para esse retorno do homem? Será que vai adiantar o conhecimento que temos da vida? O que é a vida? Conheceremos, como num *reality show*, todas as épocas vividas? Empolgado, corri à janela. Alguma coisa nova acontece após anos e anos de pandemia.

A rua está vazia. Como sempre. Até a noite ter começado, eu tinha dado bom-dia e boa-tarde oito vezes. O que acontece? Neluce dorme. Começo a me preocupar, mas deixo, não entro no quarto dela. Só que está na hora de contar.

— O tempo nos está sendo devolvido, meu amor.

Falando alto assim, vou acordá-la.

Seremos jovens de novo um dia?

AGORA, SE ERRAR, A GENTE MORRE

Você é sábia, Neluce. Sabe das coisas. Preciso reconhecer, as mulheres são assim. Vi isso no primeiro dia em que o *lockdown* foi implantado. Você me disse:

— Vamos ter de aprender a viver. Aliás, reaprender. Tudo vai mudar em nosso dia a dia. Não temos ideia de como será, mas será diferente.

Lembra-se daquele curto período que passamos na Alemanha, quando eu tinha ganhado uma bolsa de assistente social? Chegamos e não sabíamos uma palavra de alemão. A língua não se parecia com o inglês, as comidas eram outras, os cardápios nos restaurantes eram em alemão, não sabíamos perguntar, não conhecíamos as ruas, tentamos falar inglês, nos olhavam como se fôssemos loucos. As relações entre as pessoas eram difíceis, complicadas. Zero. Você me disse um dia "Acho que estou nascendo e vou ter de descobrir a viver a cada instante, da fase de bebê à adulta". Ríamos muito das mínimas coisas, erros, foras, cagadas, presepadas, acidentes, bobagens. Mas agora, meu amor, se a gente errar, a gente morre. O que fazer? Como fazer?

PARADOXO

Ninguém se incomoda. A vida segue, sem rédeas. Mas isso não é possível, não faz sentido. O Brasil funciona paralisado. Um paradoxo que nenhum historiador, economista, sociólogo, físico, místico, cabalista, humorista, vidente, leitor de tarô, pai de santo, urologista, *influencer* – tem como esclarecer. Durante anos alimentamos a nostalgia de restaurantes, bares, shows, encontros, conversas na esquina, praias, caminhadas, academias, cafés da manhã na padaria, brigas nos estádios. Desistimos. Tudo está desabando.

A certa altura tivemos de decidir: ou o isolamento ou a morte. Houve quem quisesse a vida, mas muitos – e esses muitos significaram milhões – se deixaram levar pela morte e pelas palavras do Destemperado. Quem é esse homem que nos governa?

Naquela noite – que noite? – me sentei diante do relógio, a observar. Segundo a segundo, por horas. Nada a fazer senão contemplar o tempo retroagir. Ali permaneci três dias – ou foi mais? O que importa? Só bebi água de uma antiga garrafa de leite Paulista, coisa de colecionador. Tenho a impressão de que já contei isso. Ou não?

Acreditam que fiquei feliz? Alguma coisa nova acontece e muda tudo. Empolgante. Todos teremos assunto. Falar com quem? Continuando assim, a recuar, chegaremos ao início do mês, do ano, da década, do século, do milênio, do homem e da Terra? Conheceremos, como num *reality show*, todas as épocas vividas?

Acho que também já me referi a isso, não? Se estou repetindo é porque disse e voltei ao momento de dizer nesta caminhada para trás. Gostaria de passar pela Proclamação da Independência, ver se aconteceu mesmo no morro do Ipiranga e se Dom Pedro estava numa mula, numa zebra ou em garboso corcel. Garboso? Há iconoclastas que afirmam que ele tinha ido ao banheiro, voltou de calças ainda arriadas e deu o grito. Banheiro no morro? Só havia moitas. Grito? Afirmam alguns que... Voltar aos dias em que Santos Dumont criou o Demoiselle. Em que Jânio Quadros renunciou à presidência e esperei por doze horas, debaixo de chuva, na entrada do aeroporto de Cumbica que ele saísse e partisse para Santos e depois para a Europa, o presidente fujão. Então, fui jornalista um dia? Não vejo a hora de conhecer Tiradentes, mas não quero vê-lo sendo enforcado. Foi enforcado, não foi? Até onde iremos nesta volta? Chegaremos à primeira missa, com aqueles índios pelados, o pau de fora, as índias mostrando a xoxota, o padre a erguer o cálice na consagração e Cristo no sacrário? Voltando, espero que a França não esteja em *lockdown*, quero conhecer Maria Antonieta e Madame Récamier, George Sand, Madame de Staël.

Vejam, sou homem de muitas leituras e aprecio os que estão trazendo à tona as verdadeiras versões da história. Não as falas falsas do Destemperado. Ah, como odeio esse prepotente e ignorante Desatinado. Ele proclama que a Terra caminha na mesma órbita que o Sol, indo e voltando, e que o Sol se apaga à noite. Que o luar é ligado e desligado de Marte.

Mas voltemos ao Ipiranga. Para mim, se grito houve, foi:

— Chega! Portugal encheu o saco. Acabou!

Adoro ficar em minha banca imaginando, sonhando, endoidando. Nada há para fazer. Alguma coisa acontece após estes longos e atribulados e monótonos nove anos, setes meses, sete dias, sete horas de pandemia, praga, peste, infâmia. Ou foi mais do que isso? Às vezes parece mais. Quanto? Não sei o que acontece, o tempo parece ir para trás, para a frente, para o lado. Acho que vivo em busca do tempo perdido. Lembrei agora: é esse o tempo desde que estamos recolhidos. É isso, acabo de pensar melhor. Se é que algum dia pensei direito.

Tenho medo de Neluce se assustar com esse relógio girando ao contrário.

COMO SABER O CERTO?

— Às vezes, seu Evaristo, o senhor chama o homem de Destemperado. Outras, de Desatinado. Um dia, disse Desprezível. Outro dia, o Desconjuntado. Qual é a definição certa?

— Todas, Ugo. Todas e outras mais.

— Se te pegam, te fodem com a vida.

A IMENSIDÃO BRANCA

Depois de uma década, os aviões de passageiros e de carga foram proibidos de sobrevoar a região conhecida como Desolado Branco. A luminosidade do Sol, incidindo sobre a alvura que se estende por 8.510.296 quilômetros quadrados, cega os pilotos, provocando a perda do controle e a queda das aeronaves. Dizia o Destemperado:

— O que podemos fazer contra o Sol? Não temos como arredondar a Terra, ela sempre foi plana. Homens que nascem homens são homens, mulheres que nascem mulheres serão mulheres, não queiram contrariar a lei de Deus, que está acima deste país.

Aos motoboys que toda manhã passam para trazer alguma coisa para Neluce e eu comermos, digo:

— Você, meu jovem, não sabe que o presidente não existe? O que há é o Destemperado, sujeito que se atropela, não tem senso do que diz. Ficou célebre pela frase: "Essa doença não existe. E se existisse? Faz parte da vida, e a vida contém a morte. Fazer o quê?"

PARASITA E *O ANJO EXTERMINADOR*

Você tem razão, Evaristo. Na noite em que assistimos àquele filme *Parasita*, você disse que assim viveríamos um dia. Estamos vivendo daquela maneira. Aqueles sul-coreanos viviam como vivemos aqui, hoje. Num porão. Também você lembrou-se de um filme de Buñuel, em que os convidados estão numa festa e na hora de ir embora não conseguem sair, chegam à porta e param, voltam, tentam de novo e ali permanecem. Qual era o nome mesmo, você que é bom nisso?

— *O anjo exterminador*.

— Foi ou não foi uma premonição daquele homem genial? Assim estamos agora, sem poder sair, confinados, isolados, e um anjo a exterminar lá fora, exterminando sem parar. É o que ele sabe fazer, nasceu para isso, foi criado para exterminar.

— Como o Destemperado?

— Igualzinho.

PONTEIROS GIRAM PARA TRÁS

— Neluce, tudo bem? Se importa de eu ter acordado você? Afinal, dormiu o dia inteiro ontem. Venha cá, sente-se. Quer uma lima gelada? Consegui duas com um motoqueiro. Venha. Olhe o relógio. Isso, acomode-se, tome um gole de água. O que os ponteiros fazem, minha querida?

— Giram. O que esperava que fizessem?

— Para que lado? No sentido horário?

— Não, no outro.

— Continue olhando.

— Está certo isso?

— Está errado! A verdade é esta, meu amor: estamos voltando segundo a segundo.

— Então vai dar merda. Tem de mandar consertar o relógio.

— Não é o relógio que volta. É o tempo, somos nós.

— Só faltava essa, meu amor! Você endoidou de vez. Ficou demente direto, sem ter nem passado pelo começo do Alzheimer.

— Sabia que você diria isso. É objetiva. Por isso quis te mostrar que não estou louco. Não posso ter enlouquecido junto com o relógio.

— Este desarranjou, é só mandar consertar. Quanto a você...

— Acha que preciso ser internado?

— Se o Contardo estivesse vivo, eu te mandaria primeiro para ele. Era um homem por demais sensato. O que ele mandasse fazer, eu faria.

— Contardo? Lá vem ele, de novo. Quer me internar. Me colocar na camisa de força? O que mais? Lobotomia? É isso, não? Mas estou bem, o relógio é que ficou maluco. Sabia que você ia dizer tudo isso – te conheço! Sei cada gesto, cada pensamento.

— Esse é o problema dos homens. Depois de um tempo, acham que sabem tudo das mulheres. Quem somos, como somos, reagimos, o que dizemos, o que vamos dizer, responder. Daí os sustos que levam. Com o relógio achou uma boa desculpa. O tempo voltando? Se os ponteiros vão para trás a cada dia, nós, a cada dia, em lugar de chegarmos ao amanhã, desembarcamos no ontem?

— É...

— E vamos viver o mesmo dia outra vez? Repetir tudo? Amanhã será o ontem? Explique direito. O amanhã é futuro. Mas, se o amanhã passa a ser ontem, vamos para a frente voltando para trás? Se o amanhã é ontem, é porque o futuro virou passado? Não tem lógica. Puta mixórdia, você ficou pancada, nada disso faz sentido!

— É isso, você entendeu. Você é inteligente, Neluce. Por não fazer sentido é que faz sentido.

— Quer dizer que, se voltamos pra ontem, acabou o futuro? Vamos viver o mesmo dia outra vez? O futuro deixa de existir? E onde ficam nossas memórias? Deveriam estar lá atrás, mas estarão na frente. Em lugar de nos lembrarmos delas, vamos revivê-las? Nem todo mundo é nostálgico assim. O que vai ser de nós, meu amor? Doido demais! Uma viagem de ácido! Uma carreira de pó! Uma picada de heroína! Uma tragada no cachimbinho de crack! Quer dizer que aquelas tardes tomando *negroni* num terraço de Atenas ainda vão acontecer? Ou melhor, vamos vivê-las de novo? E as comidas do Paraíso Tropical, no Cabula, em Salvador? Os sucos de frutas do Abrahão, em Teresina? Melhor ainda, o suco de pinha sem igual de Belém do Pará, naquela porta única perto do Theatro da Paz. Deixe-me, amor, estou bem, morta. Não me acorde mais, não posso ficar acordando. Isso me cansa, vou perdendo energia, perdendo...

— Quem disse que você morreu, meu amor?

SALVOU-O O RHUM CREOSOTADO

— Evaristo, aqui é o Ítalo. Gravei para você este vídeo que a mídia oficial está divulgando. Do caralho!

Ministro da Saúde anuncia que o governo pede calma, o que está acontecendo é uma breve epidemia de bronquite. Mas o Ministério já adquiriu 237 bilhões de litros de Rhum Creosotado, e cada habitante receberá logo seu quinhão. O ministro acrescenta que todos devem se lembrar desta máxima filosófica carregada de esperança e fé, imprimi-la e enquadrá-la, colocando na parede principal da casa, à vista de todos:

Veja, ilustre passageiro,
que belo tipo faceiro
o senhor tem ao seu lado.
No entanto, acredite,
quase morreu de bronquite,
salvou-o o Rhum Creosotado.

AS CASAS VIRANDO BAGUNÇA

— Evaristo, viu o que fez? Largou o chinelo na porta do quarto, depois um sapato no escritório. Logo a casa vira bagunça, com cueca e meia espalhadas.

— O que importa? Ninguém vem aqui. Ninguém vai reparar.

— Eu estou aqui. Sou alguém. Se a gente vai deixando pra lá, a casa vira um chiqueiro. Aliás, é o que está acontecendo. As casas viram bagunça, todas as minhas amigas reclamam.

Ela pirou? Ou eu? As coisas estão se repetindo? Ela já me disse isso? Vai dizer a mesma coisa a vida inteira? Melhor que durma, que fique quieta lá no quarto.

SEREMOS JOVENS DE NOVO?

A rua, vazia. Neluce dorme. Está na hora de contar a ela:

— O tempo nos está sendo devolvido, meu amor.

Falando alto assim, vou acordá-la. Melhor deixá-la dormir. Ela prefere, anda tão angustiada com tudo, com o tédio, com a ausência das pessoas amigas.

REGRESSAR AO QUE ESTÁ NO DEPOIS

— Por que ninguém sabe sua idade, Evaristo?

— Para que querem saber?

— As pessoas gostam de vir aqui conversar. Ou tentar comprar algumas dessas coisas inúteis que o senhor vende. Por que vende?

— Porque compram. Só procuro coisas inúteis. Faço isso andando por aí. Não imagina como as pessoas adoram coisas inúteis. Qual era o sucesso dos shoppings?

— Os shoppings? Aqueles edifícios gigantescos que se desmancham ao sol, à chuva e aos ventos? Notou o que está dando de furacão e enchente? Prédios esvaziados, ocupados por ratos e pombas que deixam tudo cagado, um fedor de matar, ninguém passa perto. Aliás, ninguém passa perto de nada: as pessoas não saem dos bunkers, vivemos como tatus.

— As que ainda vivem.

— Me diga, seu Evaristo: o senhor acha que viveu muito ou pouco?

— Vivi. Basta isso.

— Muito ou pouco?

— O que é viver muito?

— Viver, aproveitar cada dia, cada momento. Fazer dinheiro, muito dinheiro. Foder mulheres. Viajar, comer nos melhores restaurantes. Amar, amar. Comprar tudo o que puder, um carrão. Jogar golfe em Miami, frequentar as rodas do Jeff Epstein, ter um barco como Onassis tinha...

— Epstein? Quem é? Onde você acha essa gente, garoto? Você não tem idade para saber quem era Onassis. Comprar o quê? Onde? Olhe em volta, garoto. Onde vive?

— Mas um dia tudo vai voltar a ser como era...

— Como era? Veja só: "era" é passado. Você não consegue entender. O que era não ficou agora para trás. Mudou, foi lá para a frente, está no Depois. As coisas que aconteceram, aconteceram lá na frente.

— O senhor é confuso e gosta de confundir. Bem diz Faruk, o antigo dono da mercearia: "Evaristo ultimamente não diz lé com lé, cré com cré". O que é *lé*? E *cré*? O Faruk tem dito que, ao passar por baixo do seu prédio, ouve o senhor falando. Às vezes, falando muito alto com alguém. Ou muito manso. Ou exaltado, como se a pessoa não compreendesse. O senhor fala mesmo, seu Evaristo. Com quem?

— Faruk era muito bom na juventude, como cantor de boleros no clube. Agora deu para inventar coisas. Não falo com ninguém – com quem vou falar?

— Sei lá. Tá bom, deixe isso. Mas explique: lá na frente? Não entendo. Fala do Destemperado, mas o senhor é mais destemperado que ele. Aliás, o que tem de destemperado neste país! O que vivemos ficou lá na frente? Como? A dona Auriclene diz a mesma coisa: o tempo está recuando. Coisa de velho, decerto.

— Quem é dona Auriclene?

— É professora. Quase morreu da Praga Infame e agora não bate bem. Odeia que a chamem de dona.

— Praga Infame, você quis dizer a Funesta. Professora?

— Todo mundo que acho inteligente, chamo de professor. Gostei dela, um dia fiz entrega, ela mora numa casinha espremida entre dois prédios. Enquanto esperava, ouvi Janis Joplin cantar "Get it while you can". Fiquei fissurado.

Fissurado? Esse jovem motoqueiro usa palavras que não ouço há muito. Quantos anos terá? Janis Joplin... De onde a conhece? Hoje só tem sertanejo, sertanejo universitário, rock sertanejo, blues sertanejo, funk universitário.

— Me leva lá um dia?

— Quando quiser. O senhor disse recuamos? Não entendo. O que quis dizer?

— Que estamos andando de marcha à ré. Nunca aconteceu antes, os historiadores estão perplexos. A história sempre caminhou para a frente, agora involuiu, está recuando. Foram acabando com tudo, as artes, o ensino, as liberdades. A cultura desapareceu...

— Não entendo nada. Quem acabou com o quê? O que o senhor está dizendo? O que é cultura? O senhor diz cada coisa!

— Quantos anos você tem?

— Parece que dezenove. O que importa?

— Vou te explicar. Não vai voltar ao que é, mas ficou lá na frente, esperando que a gente retorne àquele futuro. Está no Depois.

— Não entendo, vocês mais velhos vivem em que mundo? O senhor ficou muito mal depois que sua mulher morreu.

— Filhodeumaputa. Minha mulher morreu? Quem disse isso? Boataria, querem acabar comigo. Neluce... Neluce está viva.

— Viva na sua cabeça. Mas estar assim como o senhor está passou a ser normal, falar sozinho, conversar com ninguém.

— Te arrebento, filhodeumaputa. Te mato.

— Não entendo. Vocês mais velhos vivem em que mundo?

IMPERCEPTÍVEL

O caracol sobe o muro, deixando uma trilha de gosma cinzenta. Ele está a 6 centímetros do solo e move-se imperceptivelmente.

O QUE FAZER COM ESTE MEDO CONSTANTE?

O nosso barco, aquele em que todos estamos, está indo a pique. Mas alguns não se importam com o naufrágio, pois já se apossaram dos poucos botes salva-vidas que há a bordo e, num gesto semelhante ao do herói de *Il sorpasso,* pularão fora antes do desastre e serão salvos. Bela imagem. Aguda. Acertada. Sim, em português o filme se chama *Aquele que sabe viver*.

— Passaram-se quantos anos, Evaristo, daquele filme com um John Travolta magrinho, que todos os jovens foram ver e amaram? *Os embalos de sábado à noite*, isso! Onde você guarda essas informações que parecem pré-históricas? Hoje, meu amor, somente hoje entendi um verso daquela música disco. Ela dizia: "Temos de viver a vida minuto a minuto". Assim vivemos, minuto a minuto, e o minuto seguinte não está garantido.

BILIONÁRIOS VÃO PARA O ESPAÇO

Virou moda, os ricos, muito, mas muito ricos, bilionários e trilionários estão fazendo foguetes e vão para o espaço, felizes por serem uns poucos, muito poucos, quase nada. Podemos fazer isso, dizem, somos talvez quatrocentos ou seiscentos indivíduos, muito, mas muito cheios do dinheiro, que fizeram foguetes de 1 bilhão de dólares, e dão um pulinho no espaço, atravessando uma fronteira da atmosfera, que ninguém sabe qual é, onde o nosso espaço termina e começa outro espaço, onde não há gravidade e todos se soltam no ar dentro das cabines, enquanto aí embaixo vocês estão todos soltos no nada. Que fiquem por lá esses muito, muito, muito, muito, mas muito mesmo, muito, muito, muito ricos. O que é ser rico quando quase não há mais pessoas vivas? Adoraria saber quantos somos ainda com vida. De onde vem o que comemos, quem produz, faz, entrega? Tão difícil de saber como saber quem é o pai de Deus, pergunta que um menino fez na sua escola, quando criança, em 1948, e até hoje ninguém conseguiu responder. Talvez porque Deus não tenha pai.

OUTRA DIMENSÃO

Neluce desligou a tevê, deixou-se cair no sofá e chorou:

— Estou me sentindo uma menina maluca, meu bem! Estou perdida! Acha que sou de outra dimensão?

— Durma de novo, amor. Te faz bem.

— Estou tão cansada! Sinto tanto frio! Me sinto tão sozinha!

A CHANCE DE SOBREVIVER

Ser ignorante é fundamental. Não saber nada, não ter ideia do que se passa.

Concordar com todos, dizer que a pessoa está certa, que tem razão.

Não ter opinião sobre nada.

Não se importar se o outro achar você ignorante, analfabeto, covarde, imbecil, tosco, primitivo, jumento, néscio, cavalgadura, botocudo.

Nestes tempos é preciso criar uma casca grossa como a de uma tartaruga centenária e deixar que os petardos venham, porque eles vêm de várias partes. Deixe que venham. Nunca vi tanto ódio represado transbordar. Fique na sua. Assim você tem chance de sobreviver. O que importa é isso, estar vivo.

Negar. Negar tudo. Negar. Nada existe.

PORQUE É GENEROSO E ME FAZ RIR

— Neluce, tem uma coisa que sempre me deixou encatiçado.

— Encatiçado? Às vezes você usa palavras do português arcaico. O que é isso? Encatiçado?

— Desconfiado, obcecado, curioso.

— E o que te encatiçou?

Ela deu uma gargalhada. Ele, inquieto:

— Por que gostou de mim? Por que ficou comigo? O que viu em mim?

Ela deu outra gargalhada.

— De cinco em cinco anos você me faz essa pergunta. Quanta insegurança! Tem vivido assim? Não te faz sofrer? Por que fiquei contigo? Por ser um tonto, uma besta, um homem fraco. Obediente. Porque faz tudo o que quero. Por não desconfiar de mim, do que apronto, faz tudo o que quero, por nunca perguntar aonde fui, por que voltei tarde, com quem estive, por não gostar dos mesmos livros e filmes que você, por não te dar há muito tempo, por não gostar do amarelo, por gostar do Sidney Magal, mas também do Shostakovich, do Leonard Cohen, que você acha chato, por gostar da arte do Diogo de Moraes, por nunca ter visto o filme *O cangaceiro*, do Lima Barreto, uma relíquia que você venera, por eu ter ciúmes da Jean Seberg que está em cinco paredes desta casa, por eu gostar do Cauã Reymond e do Thiago Lacerda, por ter lido três vezes *Torto arado* e você ter ficado com inveja, porque nunca escreveu livro nenhum, você não é escritor, mas você me faz rir, você é generoso para com as pessoas, você jamais foi mão de vaca, nunca chorou por tostões, jamais reclamou de não ter nada em muitas épocas, mas dinheiro escorreu de suas mãos para amigos, garçons, *maîtres*, pedintes... desde que fosse para beber ou comprar crack, por eu nunca saber como você vai reagir, e no entanto te conhecer como ninguém, por achar divertidas as suas loucuras ou chatices, mas por te odiar por elas, por me encher o saco, mas me comer gostoso às vezes... Caceta, meu amor, por que não vai se foder?

O POVO AGUARDANDO OS OSSOS

Uma das cenas que me recordo com náuseas foi a primeira vez que vi pessoas correndo desesperadas atrás de um caminhão coberto com encerados, de onde vinha um estranho cheiro de curtume, mefítico, sem saber onde tinha visto essa palavra. Segui o caminhão até um largo vazio, onde antigamente se armavam os circos e parques que chegavam a São Paulo.

Formavam-se filas gigantescas, tão grandes quanto as que nasciam nos postos de vacinação – e a vacina sempre acabava ou faltava, na frente dos bancos oficiais para receber o auxílio para essa porra desse povinho, auxílio corroído pela inflação, e essa gente esperava a chegada dos *contêineres* que desovavam as sobras, ou melhor, os restos de ossos com pelanca, os pescoços e pés de frango, as canelas de boi, bode, carneiro, fedorentas já, mas cujo cheiro seria extirpado nas fervuras com temperos. Ao menos assim estamos contribuindo para que os brasileiros combatam a gordura, a obesidade, que nos ameaça matar do coração, que enfeia as ruas e nos envergonham perante o mundo, dizia o Destemperado, emitindo no final sua gargalhada estentórea, sarcástica, que doía no fundo de cada um de nós, os desprezados, categoria social que crescia. Mas morria, crescia e morria, estava reduzida a pouco, mas esse pouco era muito. Onde se abrigavam?

CAFÉ

A pequena cafeteira italiana Bialetti, para uma ou duas xícaras, exige que eu dê duas voltas e meia na rosca da parte superior.

O skate no corredor.

— Você é louca, Neluce?

— Eu? O que fiz?

— O que faz aquele skate no meio do corredor? Entrei no escuro, esta cidade está cada dia pior, com esses apagões de merda, e por um triz não pisei nele e esborrachei no chão. Imaginou um tombo desses dentro de casa na minha idade?

— O skate? Estava guardado, escondido. Vai ver a Monica largou por aí. Não sei o que fazer com essa menina.

— Monica? Você tem certeza? Você disse Monica? Espere! Não, Monica, não. Não, não, não!

A CANECA AMARELA

— Neluce, faz 27 anos que lhe trago o café da manhã na caneca amarela de porcelana chinesa, a que compramos num mercado de pulgas em Berlim. Está na hora de mudar de cor, para não virar rotina.

— Evaristo, não faz vinte anos. Você nem sabe há quantos anos estamos casados. Sempre gostei disso, não contávamos o tempo. Aquela caneca amarela não existe mais, quebrou. As outras foram amarelas também, porque você tinha comprado várias para que eu não percebesse quando ela quebrasse ou desbeiçasse. Você sabe que odeio xícara desbeiçada. Você nunca quis que eu soubesse que o mundo mudava, mas eu sempre soube tudo, mais do que você. Porque você é quem sempre gostou da vida arrumada.

CAINDO COMO TOMATES PODRES

— Por que ninguém sabe a sua idade, seu Evaristo?

— Quem quer saber?

— Todo mundo.

— E quem é todo mundo?

— Tá bem, deixe pra lá. O senhor acha que viveu muito ou pouco?

— O que é viver muito?

— Aproveitar o mais que se pode, ter muito dinheiro, comprar tudo o que der...

— Comprar o quê? Onde? Para quê? Olhe em volta, amigo.

— O senhor não fica nervoso? Não fica puto por não ter aonde ir? Nada pra fazer? Tudo fechado, fodido. Por isso tem tanta gente se atirando dos prédios.

— Tem?

— Demais. Passo de moto e vejo gente despencando. O senhor já ouviu o barulho de uma pessoa caindo na calçada? Um barulho horroroso – *Ploft!* –, feito tomate podre. Será que um dia tudo isto vai acabar? Vai voltar a ser como era?

— Quantos anos você tem?

— Trinta e um.

— Então não sabe nada, não pode saber.

— E a sua idade? Viveu muito? Pouco?

— Depende. O que é muito para você? E pouco?

— Se eu arriscar 87, estou quente?

— Quente, frio... Isso é brincadeira da minha infância.

— Diga: quente ou frio?

— Para que esse interrogatório?

— As pessoas têm vontade de saber.

— Que pessoas?

— As daqui.

— Como se aqui tivesse muita gente...

— Vou arriscar: 130 anos?

— Caralho! 130?!

— O senhor mesmo me disse que, dia desses, um sujeito do governo pediu ao presidente que eliminasse todas as pessoas que estivessem chegando aos cem anos.

— Acha que sou um ser humano? O que é um?

— Uma pessoa.

— Acha que sou uma pessoa?

"LIBERTANGO" NA MADRUGADA

Ah, Evaristo, se eu pudesse mesmo acreditar em você, nessa história de tempo para frente, tempo para trás, sabe o que eu mais queria? Mais que tudo? Estar no restaurante Manacá, em Camburi, naquela noite em que aquele quarteto tocou para mim "Libertango". A coisa mais linda que você me deu. Quando pensei que seríamos apenas nós dois naquele jantar de 40 anos, começaram a aparecer amigos. Alguns eu não via há muito, desceram de São Paulo, vieram do Rio, de Salvador, você tinha planejado tudo em segredo, e aquela gente foi se sentando, e foram se sentando como se fosse uma noite normal. Havia no ar o perfume de lavanda e das flores que o Edinho plantara em torno do restaurante inteiro, ao qual a gente chegava por uma passarela por dentro da Mata Atlântica. Quando vi, todos eram ligados a mim. Não disse nada, mas fiquei mal ao pensar em Monica, que não estava ali, mas ia adorar aquela noite. Você nunca me disse onde arranjou dinheiro para aquela loucura, só você podia fazer aquilo, ter aquela sensibilidade. O barman fazia margaritas, caipirinhas e caipiroscas, e o jantar começou, em ritmo lento, como deve ser, ninguém tinha pressa de nada, e você usava aquele perfume Davidoff que usou na tarde em que nos conhecemos, naquele clube, naquele júri, você podia ser tudo, menos jurado de fantasias de Carnaval. Você mesmo foi à cozinha e trouxe meu prato, Deus meu, um *tartare* de peixe branco com maçã verde, creme de raiz-forte e molho de raiz--forte. Era a entrada, nem sabia, olha minha caipirice, o principal veio em seguida também trazido por você, camarão grelhado ao molho de tangerina e mousseline de batata e wasabi. Evaristo, você encantou as mulheres todas naquela noite, anfitrião perfeito, levou pessoalmente os pratos a cada uma delas. Claro que demorou um pouco, mas quem se preocupava com o tempo? Então, ouvi "Libertango", e vi entrar um quarteto de cordas que percorria o litoral, uma noite em cada praia. Tinha ouvido essa música pela primeira vez em um bistrozinho de Cangalha, Minas Gerais, só que era Grace Jones cantando no rádio em um ritmo diferente, com aquela voz negra, grave, lenta, a música era "I've seen that face before", e fiquei magnetizada, você até riu quando disse isso, magnetizada, e me explicou que era do Astor Piazzolla. Tínhamos o disco, mas ele se perdeu naquele seu depósito imenso, destrambelhado, que um dia vai pegar fogo, acabar, mas aquela noite nunca terminou dentro de mim.

ACREDITE SE QUISER

Evaristo, percebeu que há cada vez menos motoqueiros de aplicativos? O que acontece? Desistem de trabalhar ou as empresas de delivery estão se acabando lentamente?

ACREDITE SE QUISER

Primeiro vieram dois imensos arranha-céus, e todos acharam que era progresso. Depois vieram mais cinco, e houve algumas queixas contra o barulho demasiado, festas, caixas de som nas janelas liberadas pela lei do silêncio à custa de propinas. E quando ergueram o vigésimo, o trigésimo e o centésimo, vimos que era tarde demais. Assim vieram chegando, como quem não quer nada, com um jeito manso, e vieram e vieram e vieram. E um prédio fez sombra para o outro, e trinta ensombreceram a quadra, e cem obscureceram o Sol. O bairro mergulhou na penumbra, não se via o Sol, mas diziam que o progresso é assim. De modo que progredindo mais e mais mergulhamos em ruas sombrias nas quais é preciso acender as luzes durante o dia. Todas as luzes pouco iluminam, e os apartamentos estão ficando frios e mofados e vazios, porque as pessoas se foram, lentamente, depois, velozes, rápidas, rapidinhas, apressadas. Até o vazio.

O VIOLONCELO *PICCOLO*

— Imagino, Evaristo, que você estivesse na sala, embevecido, estranha palavra esta, não? *Embevecido*. A ouvir sua mulher tocando "O tenor perdido", naquele precioso violoncelo *piccolo* de quatro cordas que ela tocou durante anos na Sinfônica na Sala São Paulo. Como você deve ter sido feliz, Evaristo, por ter tido uma mulher como ela.

— Devo ter sido? O que significa? Sou feliz. Neluce está viva.

— Está?

— Cansada, dorme. Tocou a noite inteira aqui na janela, adora tocar na madrugada quando não passa ninguém e o som se reflete nas paredes mortas dos prédios.

QUEM SABE O QUE SOMOS?

— Há alguns anos, li as palavras de uma mulher muito interessante, Livia Garcia-Roza, que participava de um grupo de Twitter – ou era de uma rede social literária ligada a Araxá, a cidade mineira? Era isso, um bando enorme de pessoas inteligentes, divertidas, sempre falando mal do Destemperado, porque era gente de cultura, as últimas pessoas conscientes que eu conhecia. Bem, essa fantástica Livia disse: "O que importa é o que as pessoas decentes dizem". Uma coisa interessante, acreditar em pessoas decentes. Como ela, Livia. Mas onde encontrá-las? Livia também disse outra coisa... Hoje não estou bem, sabe? Viro e reviro as ideias, faz calor demais, e uma mulher se atirou de um prédio perto daqui. Todos achavam que era abandonado, nunca se tinha visto luz nele. Ela se esborrachou no chão, fomos olhar, nem deu para saber a idade. Fiquei mal. Teus colegas motoqueiros se reuniram, levaram o corpo para além do Portal. Minha cabeça está cheia de coisas que li, vi, inventei. Me disseram – não tinha ideia – que essa Livia era escritora, um mundo tão diferente do meu...

— E qual é esse seu mundo, Evaristo? Qual é a sua?

— Mundo nenhum. Sempre fui do deixa estar para ver como fica. Agora estou mudando para deixa ficar para ver onde vai dar. Faz sentido?

— Não, nenhum. Mas estamos acostumados com o senhor. Com todo mundo. Tá uma zoeira daquelas. Mas não me contou o que essa Livia disse.

— Disse não. Escreveu. Está aqui um recorte. Isso você vai achar muito lá em casa, recortes, páginas inteiras de jornais, capítulos de livros arrancados, cadernetinhas vazias.

— Mas, o que aquela mulher escreveu?

— Ainda escrevo em algum muro da cidade, para que todos leiam. Ouça:

Depois da crise dos quarenta,
vem o espanto dos cinquenta,
o saudosismo dos sessenta,
o esvaziamento dos setenta,
o cansaço dos oitenta,
quando então todos
os tempos se reúnem,
formando um único tempo
a que chamamos vida.
A nossa vida.

QUADRINHO DE PAREDE DA SALA

Não escondas o cintilar.
Se não tens o poder de cintilar nem de
irradiar luz, ao menos não a encubras.

Tolstói

— O que você está dizendo? Recuamos? Que besteira, meu amor!

— Pois é isso que vou te contar, provar.

— Provar o que, meu querido?

— Que estamos voltando.

— Evaristo, bem que li que quem dorme pouco depois dos cinquenta caminha para a demência. Que história é essa? O tempo voltando? Viu aquele filme? O Doc, o cientista que fazia o tempo voltar, não existe. Puro cinema. Não há a mínima possibilidade.

— Mas está acontecendo. Tinha medo de contar e você pensar que não estou batendo bem.

— O seu problema é que sua memória acabou.

— Imagine! Você é que se esquece, pergunta, pergunta...

— Você diz uma coisa, dali a pouco repete a mesma coisa, no dia seguinte começa tudo de novo. Está virando um suplício, Evaristo. Você é um pé no saco, está duro de aguentar. Se falar outra vez nisso de tempo voltando, saio correndo e nunca mais volto!

— Sai nada. Você vira as costas e vai dormir. Nunca vi ter tanto sono – só dorme, dorme. E o relógio voltando, voltando.

— Chega! Quer me deixar louca também? Cala a boca, pelo amor de Deus!

— Não quis te assustar. Não te contei, esperei para observar, faz dois meses que o relógio gira ao contrário. A cada dia que acordamos, acordamos no ontem.

— Outra vez isso... Deus meu, Evaristo! A Funesta acabou com você. Agora é delírio. O mundo bagunçou. Todos foram contaminados, ninguém regula mais. Hoje tem de ser hoje. Mas você garante que hoje amanhecemos ontem... O tempo foi para trás...

— Isso! Normalmente, o hoje seria considerado amanhã. O que seria certo; o tempo avança. Só que o tempo voltou e chegamos ao ontem.

— Mas penso agora numa coisa. O Sol também girou ao contrário? Pense bem, que aí no meio se perdeu um dia: o hoje. Onde está? Ou o que desapareceu foi o amanhã?

— Você quer me pôr à prova ou gerar confusão. Mas acaba de levantar uma boa questão. Onde ficaram o hoje e o amanhã? Como fazer para chegar até o amanhã? Teríamos de ler Stephen Hawking, Newton, Samuel Clarke, Ernst Mach, Heidegger, Aristóteles...

— Você me surpreende a cada dia, meu amor, e estou com medo. De onde tirou essas coisas, esses nomes?

— Neluce, ainda existe o Google. Mesmo com todas as mancadas que dá, ele ainda existe.

— Deus do céu! Sempre tive medo deste dia. Não sei nem o que fazer. Tinha medo, Evaristo! Desde que o Destemperado ganhou a eleição...

— Eleição, meu bem? Foi há quantos anos? Quem se lembra? Nunca mais teve eleição!

— Medo, meu amor. Muito medo de que este momento chegasse. Lunáticos e raivosos, furiosos e descontrolados, os escrotos estão saindo do armário cada vez mais. Deixe até eu me acostumar com a ideia, para ver que atitude tomo.

— Neluce, por que não acredita em mim?! Acalme-se!

— Me acalmar? Saiba que este dia chega para todo mundo. O dia seguinte amanhece, só que não é hoje, é ontem! Puta merda, Evaristo! Essa foi demais! Ontem?! Meu amor, o que acontece com você? Ou sou eu? Desencarnei, morri e não sei? Saí do mundo, saí do meu corpo, estou no universo paralelo? Nem consigo respirar. Me falta o ar...

— Neluce, não, não... Faltar o ar? Não! É assim que começa! Lembra-se daquela capital para onde não mandaram oxigênio? A população morrendo e os vivos se atirando ao rio Negro com medo de não conseguir respirar? Vou chamar o pronto-atendimento, pedir para te entubarem, colocarem na UTI. Vamos para o hospital!

— Você quer dizer para as filas dos hospitais? As filas das UTIs? Elas se estendem pelas ruas, pelas rodovias, cheias de macas,

... macas,

... macas,

... macas,
... macas,
... macas,
... macas,
... macas,
... macas,
... macas,
... macas,
... macas,
... macas,
... macas,
... macas,
... macas,

... macas, macas.

Familiares e curadores ao lado, vigiando, olhando, esperando amigos e parentes morrerem, morrerem, morrerem. Agentes funerários de plantão, prontos a atacar, oferecendo cerimônias do adeus, túmulos, caixões, esquifes, ataúdes, caixotes e placas de identificação, para que as famílias não percam seus mortos. Mas quase não há lugar para sepultar ninguém. Há um boato, ou *fake news*, como queiram, de que um militar gordinho e medíocre, padrinho de um dos sete filhos univitelinos do Destemperado, ocupou o Ministério da Higiene e Saúde e Desenvolvimento Eugênico – porque neste governo os postos têm sido ocupados à força, do mesmo modo que os sem-teto ocupam prédios vazios. Ou melhor, ocupavam – quase não há ninguém para ocupar nada, apenas covas. Enfim, o Ministério da Morte e Energia vai organizar pilhas de cadáveres e cremar, como fazem na Índia. A fila mais curta tem 134 quilômetros de macas.

A ÚLTIMA PASSAGEM DOS OBESOS

— Venha, Neluce, corra, corra ou você vai perder.

—

— Neluce, venha logo, está acabando.

—

— Por sorte eles andam devagar, mas são cada vez menos.

—

— Não disse, meu amor, eles se foram. Os últimos obesos do Brasil. Nunca pensei que fossem tantos, além dos que já morreram. Lembra-se como o Desatinado reclamava? Não há como enterrar os magros, imaginem esses gordões nojentos. Como ele odiava gente gorda, queria uma nação de fortes, saudáveis, bem armados. Como um obeso vai segurar fuzil? O coice acaba com ele! Passaram por aqui aos milhares, caminhando com dificuldade, agarrados a pedaços de não sei o que, comendo não sei o que, indo não sei para onde.

—

— Você precisa sair desse quarto, meu amor. A vida acabou para você? Não tem mais nenhum interesse em nada. Onde está aquela minha Neluce? Onde está?

DE NOVO ESSES PONTEIROS?

— Posso pedir uma coisa? Acredite por um minuto. Sente-se e acompanhe o relógio.

— Saco, puta saco! Quer me enlouquecer também? Já me encheu, amor. Você só repete, repete, repete... Ponteiros voltando para trás... Hoje é ontem... Amanhã será hoje? Vamos ao hospício, isso sim.

— Neluce, relaxe. Vou te trazer um *old fashioned*.

— *Old fashioned*? A esta hora da manhã? *Old fashioned*? De onde tirou isso?

— Tomamos no Santo Colomba, em São Paulo.

— Há muito tempo, meu amor. Mas, se você diz que estamos voltando, uma hora chegaremos lá. Se é que o bar existe – tudo fechou, acabou nesses anos de *lockdown*. Tudo desapareceu, assim como a tua razão, o teu discernimento. Não era você que falava tanto em discernimento? O teu chegou ao fundo do tanque, nem tem mais reserva.

— Está entendendo? Então admite que estamos recuando, a cada dia chegando ao ontem?

— Não admito nada. Fiquei completamente confusa, não sei aonde você quer chegar. Neste mundo sem sentido, o que importa saber como o tempo anda? Se é que anda, meu querido.

— Acertou, Neluce! O passado que chega a cada manhã torna-se o futuro a cada dia.

— E cada dia a viver será o dia que já vivemos?

— Sim, meu amor. Teremos saudade de certas coisas, momentos que foram para o futuro, mas que já vivemos. A pamonha, a pamonha de Piracicaba, vem do futuro, Neluce. O *old fashioned*, lembra-se? Tudo isso é futuro agora! Quem diria?

— Doido, você está doido, achei que a gente escaparia. Não, se a gente está voltando, vamos passar por Burano, comprar as rendas de novo.

— Pode ser, pode ser! Estamos indo ao contrário de tudo. Nossas memórias e recordações nos ultrapassaram, ficaram para a frente, cada vez mais perto.

— Até mesmo o dia em que transamos pela primeira vez? Você, tímido, tonto de tudo, naquele cinema vazio, morrendo de medo porque gritei. Foi tão bom! A primeira nunca é como a gente imagina, mas havia medo de sermos descobertos, expulsos, presos, sei lá. Nos divertimos...

O QUE É UMA CRIANÇA?

Eu e o motoqueiro do app de peixes – a moto dele é uma Ducati – ficamos aturdidos quando a mulher passou empurrando um carrinho de bebê. O motoqueiro, muito jovem, não entendeu:

— O que ela leva ali?

— Uma criança.

— Um bebê? Impossível!

— Por quê?

— Faz anos que não vejo uma criança, um bebê. Mulheres deixaram de engravidar, com medo. Homens ficaram estéreis. Há quantos anos não nasce ninguém?! Todos têm medo de engravidar. Nascer para morrer? A Funesta ainda ronda por aí...

— Ainda há quem sonhe em viver.

— Será que ela me deixa ver o bebê?

— Por que quer ver um bebê?

Gritamos. A mulher parou, ressabiada:

— É comigo?

— Ele quer ver a criança.

— Ver minha filha? Por quê?

— Há muito ele não vê um bebê. Ele está comovido, achei até bonito.

— Não vem que não tem! Qual é?

Os dois tínhamos nos aproximado. A menininha estava acordada. O motoqueiro murmurou:

— Então isso é uma criança? Não me lembro nada desse tempo, acho que ainda não tinha memória. Muito bonito, curioso.

Permaneceu contemplando a menina, que agora sorria. A mãe disse:

— Temos de ir embora.

— Não, ainda não vi direito. Fique mais um pouco. Não sei quando vou voltar a ver uma criança. É uma coisa curiosa, parece um brinquedo.

— Brinquedo? Lego? Você está drogado, meu caro – cabeça cheia de fumo! Filho de uma cadela! Sai de perto, sai!

— Disse no bom sentido. Estou feliz de ver uma criança. Pensar que isso cresce e fica como nós!

— Isso?! É um ser humano!

— Mas vai viver neste mundo vazio, cada vez mais deserto? Será que daqui a dez anos vou trazer um delivery para ela?

— Vai te foder, moleque!

— Não, não. Entendeu mal. Como posso me explicar, seu Evaristo? Estou feliz, estou encantado. Essa palavra é boa, *encantado* ao ver um bebê...

— Está bem, cara! Mas preciso ir.

— E se você ainda tem o vírus? Fica contaminando por aí.

A mulher sorriu. Faltava-lhe um dente na frente.

— Nunca tive. Incrível, puta coisa louca: as pessoas têm medo até hoje. Ninguém sai mais de casa, assusta até. E faz anos que o vírus foi exterminado.

— Quem disse?

— Nunca mais saiu notícia nos telejornais. O Destemperado garantiu. Devia saber – era corajoso, nunca usou máscara, saía, abraçava as pessoas, nunca tomou vacina. Por isso tivemos a Sueli. Queríamos tanto uma filha! Esperamos a pandemônia acabar, para arriscarmos.

— Pandemia, minha senhora. Chamava-se pandemia. Acabou? Quem disse? Eu não confiaria tanto. Cuidaria desse bebê, não ficaria dando banda por aí.

— Qual o problema de sair? Nunca o ar foi tão puro, o céu tão limpo. Uma criança precisa de sol, e eu também. Pare de me assustar! Não chegam os anos de horror?

— Se ouvissem a senhora falar "anos de horror"!

— E como definiríamos aqueles anos? Não é o que todo mundo dizia? Anos de horror. E você lá tem idade para isso? O que sabe? O que soube?

— Não parece, mas cheguei aos quarenta.

— E ainda é motoboy? Mentiroso!

— É um trabalho. Tive sorte. Quantos tiveram? Fui perdendo empregos um atrás do outro, depois deste, não sei para onde ir. Pense o que quiser, mas não fique circulando com essa criança. Não se sabe o que pode encontrar.

— Daria tudo para encontrar alguém, tocar em alguém. Há anos passeio e não vejo ninguém. Quando vejo, é uma pessoa mascarada. Só toco meu marido, abraço meu marido, deito com ele. Você não tem ideia de como gostaria de te abraçar, se me deixasse. Pedi tantas vezes ao Breno: encoste em mim, toque em mim, me agarre! Ele me olha como se eu fosse louca.

— Não transa mais com ele?

— A última vez trouxe a menina. Foi bom.

ALGUÉM ENTENDE COMO VIVEMOS?

— Itamar, dona Carmela, Nereide, dona Heloisa, que prazer vê-la aqui, uma pessoa tão inteligente; dona Cidinha, sempre perfumada. E esses outros, quem são?

— Amigos e curiosos.

— Vieram comprar o quê?

— Nada, viemos saber, perguntar.

— O quê? Por que a mim?

— Todos te chamam de professor. O senhor sempre tem respostas, viveu bastante, viu vários Brasis, lê muito, dizem que o senhor já leu mais de mil livros durante a Funesta.

— Exageros, exageros. Sem ter o que fazer, parado aqui na banca, leio. O que querem saber?

— Como as coisas continuam funcionando.

— Coisas? Que coisas?

— Energia, mercados, gasolina, tudo que necessitamos. Esses motoboys nas ruas, a comida, a água, enfim, o básico.

— E eu sei?

— O senhor estudou, viveu, viajou, tem experiência.

— Só sei que nada sei.

— Então quem sabe?

— E por que eu é que sei quem sabe? E por que não perguntar a Deus?

— Acredita nele? Então, por que esse Deus não diz logo, de maneira clara, o que quer de nós?

— Vocês nunca perceberam que o Brasil sempre funcionou sem que a gente entenda como? O que move este país? O que o leva para a frente? Ou para trás, como agora?

Disse dona Heloisa, mulher estudadíssima:

— Mas tem de haver uma lógica, algo que nos leve a compreender.

— Se procurarmos a lógica, a racionalidade, os mecanismos físicos, as estruturas, mergulhamos no vácuo. Para compreender o Brasil, é preciso entender o vazio, aceitar a casuística, o capcioso, o círculo vicioso.

— O senhor quer dizer que aqui tudo é destituído de fundamento?

— É por aí. Desconexo.

— Tudo é insubsistente?

— Sim, disparatado?

— Incoerente?

— Isso, incoerente em suas incoerências. Ou tortuoso e evasivo, sustentado por paradoxos.

— Obrigado, Evaristo, é isso que você é! Um homem que esclarece, bem diz dona Carmela. Alguém que põe os pingos nos oôos.

— Nos iiiiiiis.

— Iiiiiiiiiiiiis? Que seja. Para não prolongar a conversa. O que importa? Iiiiiiii, oooooooo, aaaaaa?

ADIANTA NÃO TER MEDO?

— A porteira... O senhor nunca foi até lá?

— Porteira? Porteira? Veja como fala, menino! Aquele é o Portal. Há uma diferença.

— Para mim é porteira. Nem sei o que é portal.

— Porteira qualquer vaca ou burro atravessa. Portal é importante. É um símbolo.

— Símbolo? O que é símbolo, Evaristo? O que significa? Sei que o senhor é respeitado. Todos sabem o tanto de livros, revistas e jornais que tem naquele prédio que ocupou. Mas às vezes diz coisas que não entendemos.

— Por que quer atravessar o Portal?

— Ver, passar por ele, atravessar, ir para o outro lado. Saber se é tudo verdade.

— Verdade? O quê?

— O que há além dele. Por que ninguém se atreve a cruzar o Portal? A pessoa morre? Desaparece? Se desfaz? Enlouquece? Vai presa? Leva uma bala perdida? É verdade que é terrível assim?

— O que é verdade? Saber para quê? De que adianta? Há muito, muito tempo, menino, não existe verdade. Nem se sabe mais o que é. Para que atravessar o Portal? Diz: para quê?

— Talvez para deixar de ter medo, seu Evaristo.

— E, se deixássemos de ter medo, de que adiantaria?

QUADRINHO DE PAREDE NA SALA

O ramo de hibisco
Em cima do fogão
Seca.

ONDE ESTÁ AQUELE EVARISTO?

— Um friozinho desses e você tomando cerveja gelada? O que deu em você?

— Deu sede. Gosto desta artesanal feita aqui no bairro. Uma só, Neluce, para limpar a garganta.

— Limpar do quê? Das besteiras que você anda dizendo? A cada dia te conheço menos! Artesanal fabricada no bairro? Desde quando aqui teve uma cervejaria? Nem clandestina. Quem te traz? Esses motoqueiros das milícias? Onde você se mete? Quem é você, meu marido? Quem é?

— Quem sou?

— Olho e sei que estou te perdendo a cada dia. Cadê o homem com quem me casei? Onde está o homem que ficou quatro horas imóvel diante das pinturas de Monet no l'Orangerie, em Paris? Ou raivoso tentando decifrar *Guernica* no Museo Reina Sofía? Venho perdendo um doido sonhador, às vezes mentiroso, às vezes divertidíssimo, alucinado. Outras vezes deprimido, querendo matar o Destemperado. Onde está aquele Evaristo?

— Qual? Quem sabe você, Neluce, não tenha criado um Evaristo em sua cabeça? E esse era outro, não eu?

O GATO E OS TALHERES

Terminado o almoço, lavei a louça. Enfiei os talheres em pé numa vasilha e deixei na janela onde o sol batia. Coisa de minha mãe, Maria, lá onde nasci. Acreditavam que o sol ajuda a desinfetar, matar germes.

Neluce tinha me ensinado a colocar as facas para secar com a ponta para baixo, para evitar um acidente doméstico. Viver junto o tempo inteiro, cruzar com o outro constantemente, ficar pensando onde ele está, sentar-se para comer junto, procurar desesperadamente um assunto, sorrir, suportar, fingir, fazer de repente um carinho, sentir mãos passando suavemente pelos nossos cabelos – tudo isso são acidentes domésticos.

Chico, o gato rajado, 13 anos, estava num canto da janela, pegando seu calorzinho. Viu aquela vasilha para os talheres brilhantes e me olhou com ar interrogativo. Ensinei:

— São talheres, Chico.

A cara dele era de dúvida.

— Para a gente comer. Nós, humanos, comemos com talheres.

Agora a cara foi de ironia, como se ele dissesse: "Quanta besteira".

Lá dentro do quarto, Neluce deu uma gargalhada. Portanto, estava viva, não tinha morrido. Gosto quando ela sai e vem conversar, ainda que ultimamente esteja me contrariando demais – não acredita nada que os ponteiros caminham para trás. Como convencê-la? Ela sempre foi dura.

Depois da gargalhada, fiquei horas pensando se ela riu de mim, da situação ou da indiferença do gato. Não é simples conhecermos as pessoas com quem vivemos.

DIGA PRA MIM, DIGA, NÃO MINTA

Diz, Evaristo, aqui entre nós,
reconheça, admita que você nunca teve vontade.
Ao menos pensou, adoraria poder reagir,
chegou até a viajar nos
requintes da desforra que faria.

Vai guardando, vai guardando, um dia a gente estoura, o pneu fura, a bomba explode, o saco arrebenta, a boca range, o olho se aperta, e o sangue que não é de barata sobe.

Aí não tem estrela, educação, meditação transcendental, riqueza, pobreza, cerca, muro ou escadinha para o palco que segure.

De sua amiga Marli Gonçalves: "Escrevi para você".

ONDE ESTÁ O PAPEL HIGIÊNICO?

— Neluce, acabou o papel higiênico. Ninguém trocou.

— Sei, o que está querendo dizer é: porra, por que você ainda não trocou?

— Não, amor, não! Quer dizer: onde você guarda, para que eu troque?

— Trinta anos nesta casa e você ainda não sabe onde guardamos o papel higiênico? Limpe com a mão!

A ERA DO APRENDIZADO

Às vezes ninguém aparece por dias e dias, mas aprendi a ter paciência. É assim mesmo: tenho de tomar cuidado, não me impacientar, ficar na minha, não pensar em nada. Aprendo a me livrar da realidade, mergulhar na fantasia, imaginar besteiras, deixar-me levar pelos sonhos.

Nesses momentos, lembro-me daquele período de longuíssima duração conhecido como a Era do Aprendizado. Foi tão longo que perdemos primeiro a noção dos dias, depois a das horas, meias horas e quartos de horas, em seguida a dos minutos, e enfim os segundos desapareceram. Saber a hora era desnecessário; cada um dividiu seu tempo conforme as necessidades, até que ser hoje, ontem ou amanhã deu na mesma. Nós nos sentimos perdidos, presente podia ser passado, passado tornou-se futuro, e acabou sendo curioso, agradável, o modo como fomos liberados de uma pressão indefinida. Assim passamos meses, talvez anos. O que importava? Não tínhamos como – nem necessitávamos – medir o tempo.

Quando, pressionados pelo Destemperado, saímos às ruas para protestar, tínhamos pânico de nos aproximarmos uns dos outros. Guardávamos distância de 2 metros, e, para isso, cada um tinha recebido trenas oficiais. Se alguém rompia aquele círculo imaginário (assim como os alemães mantêm ao seu redor um espaço privativo de metro e meio, que não pode ser invadido), provocava pânico, gritaria, correria. Quem podia procurava um hospital para saber se estava contaminado.

De modo que fomos recuando, voltando às nossas casas, com medo do outro. Difundiu-se a estranha ideia de que o inferno eram os outros. Sentíamos desconforto e culpa ao evitarmos pais, *conges* (como dizia certo ministro conhecido por ser um incorruptível corrupto, o que parece estranho, mas estamos habituados aos paradoxos), filhos, netos, sobrinhos, avós, irmãos, primos, tios, cunhados, agregados, pessoas que tinham sido íntimas a vida inteira, mas que naquele momento podiam nos trazer a morte num sopro.

Vamos, vamos, dizia ele, o Destemperado – ou Descontrolado, ou Desatinado, ou Desenfreado –, aquele cujo nome não pronunciávamos, porque provocava alergias, tosses, engulhos, vômitos. Chega, voltem aos trabalhos, abram suas lojas, vamos reativar a economia, a economia é vida. Retomem a vida normal, nada existe a impedir, o governo vai dar um auxílio-saída a quem sair de casa e encarar a vida normal. Mas ninguém sabia mais o que era a vida normal. Desacostumados estávamos de ir aos bancos, escritórios, repartições, lanchonetes, bares, restaurantes, spas, saunas, academias, correios, hospitais, postos de gasolina, shoppings, padarias, quiosques, caixas eletrônicos, guaritas, praças, estações, tudo o que sustentasse nosso dia a dia, alimentasse nosso cotidiano.

Nossos dedos tinham perdido as digitais, não funcionavam como senha biométrica, de tanto álcool em gel neles – milhares de litros de álcool em gel, passados nas mãos durante anos. Já disse isso, dia desses digo de novo. E daí? Muita gente perdeu a pele, descascou. Os pastores exortavam: venham, venham, a fé salva, milagres são feitos nestas igrejas, lugares sagrados. Comprem sua salvação, grandes descontos para salvar o corpo e a alma. Mas os dízimos não entravam mais, e templos estavam falindo, pedindo recuperação judicial.

Todo e qualquer espaço nos aterrorizava – não suportávamos a presença de outro ser humano. Estávamos confusos sobre o que deveríamos fazer e, quando pensamos que tinha terminado, mergulhamos em longo isolamento, todos fechados, milhares ficaram expostos, contaminados. Fomos nos habituando a nos fecharmos mais e mais, até que, a certa altura, estávamos de tal modo isolados, retraídos, confinados em nós mesmos, que ninguém quis mais sair. Não era necessário. Vivíamos dentro de nós, dentro de casulos, e não foi mais possível sacar as pessoas reais de dentro daquelas que viviam num mundo só delas.

Os terapeutas então voltaram às faculdades para reestudar, a fim de analisar e descobrir uma maneira de tirar o eu de dentro do eu, enquanto a população morria não um a um, mas cem a cem, depois mil a mil, em seguida milhão a milhão, e a contaminação penetrava de casa em casa e vazava pelas frestas de portas e janelas, por buracos feitos por ratos, e morríamos sós ou em bandos, calados, tendo medo de sair ou saindo e morrendo amontoados nas ruas.

PASSEIAM COM OS CÃES

Caminhando em passinho rápido, cuidadores de animais, sem máscara, conduzem cães de alto *pedigree*, o que se reconhece pelas coleiras de grife. Os cachorros latem a cada sem-teto, cada miserável que passa. Parecem ter instinto – ou ter sido treinados – para atacar os chamados invisíveis.

Muitas vezes, tenho vontade de pegar minhas armas e sair atirando em todos os cães da cidade, do Brasil, do universo. Eles comem melhor do que eu, mais do que eu. Mais do que todos, o que não falta é comida para cão e gato, gordos, bem alimentados, comem pacotes imensos de ração, toneladas.

O QUE TE PREOCUPA, EVARISTO?

— O que acontece com você?

— Neluce, não durmo. Há três noites não durmo.

— Te conheço, tem isso de tempos em tempos. Agora é o quê?

— O Destemperado. Preciso matá-lo.

— Outra vez? Quando começa, você encana, quer resolver os males do mundo. Fala muito em matar o Destemperado. Nem tem como se aproximar. Vai ser morto pelos seguranças antes de chegar a 100 quilômetros dele. Além disso, como reconhecê-lo? A cada aparição tem uma cara.

— Em geral, ele utiliza o rosto de um filho. Você pensa que é o filho, mas é ele. Terei de matar todos os filhos. Quantos são?

— Os naturais, os adotados, os admitidos, os negociados, os comprados, os roubados?

— Isso me preocupa. E se, quando matar um, eu for morto? Quem matará os outros por mim?

REPRISE LÁ NA FRENTE

Dos bons diálogos de antiquíssimos filmes que talvez a gente reveja quando chegarmos ao Depois:

Go ahead
Make my day.

(Harry, Clint Eastwood, em *Perseguidor implacável*, *Dirty Harry*, 1971.)

Em um milhão de bares no mundo ela reaparece exatamente no meu.

(Rick, Humphrey Bogart, em *Casablanca*, 1942.)

Birdie... Você não gosta de Eve, não é?
Você quer uma briga ou uma resposta?

(Margo, Bette Davis, para Birdie, Thelma Ritter, em *A malvada*, *All about Eve*, 1950.)

HISTERIA NA NOITE

— Saia da janela, meu amor. O que você procura nesta noite escura? Lâmpadas queimadas nos postes, não trocadas há quantos anos? Por que umas lâmpadas duram mais que outras? Ou alguém vem e troca uma e outra? Mas quem? Quantos vivos ainda existem à nossa volta?

— Não procuro nada, Evaristo. Não há nada para procurar. Quando olho para fora, sinto a histeria no ar, a ansiedade, essa loucura que nunca mais vai terminar.

— Também tenho medo, meu amor. Claro, tenho medo.

— Falar em medo, eu que sinto medo do que está acontecendo com você.

— Comigo? O que acontece comigo?

— Noite passada, ouvi você falar sozinho. Imaginei que estivesse dormindo, mas não: você não estava na cama, tinha ido para a sala. Falava com os retratos de seus filhos, pendurados nas paredes.

— É? E o que eu dizia?

— Você pedia desculpas! Queria ter dado a eles um lar, uma família, carinho, estudos. Ter dado tudo para que tivessem tido uma vida boa, parentes, que pudéssemos nos reunir um dia por semana, almoçar, jantar. Jogar baralho, conversar, brigar, discutir política, religião. Você gritava que nunca tinha conseguido resolver os problemas deles e perguntava: "Quais foram seus problemas, meus filhos? O que sofreram antes de terem morrido? Deve ter sido horrível morrer sem conseguir respirar. E não havia nem um maldito tubo de oxigênio. Nem um, em lugar algum, e vocês morriam e eu nem conseguia estar ao lado de vocês." E tinha a cara triste – meu Deus, que olhar triste você tinha, Evaristo. Tive vontade de chorar.

— Eu? Então você me ouviu dizer aquilo? Verdade? Que família? Que briga? Que casa? Que parentes? Ou você sonhou, ou eu cheirei muito e disse tudo isso. Não, não cheiro há muito tempo. Depois que meu pai se afundou em dívidas e perdemos a casa onde nasci, nunca joguei baralho na vida. Não, não era eu a dizer tudo isso. Não eu.

A CAIXA

— Aquela caixa ali, Evaristo. É aquela que eu quero.

— Dona Carla, quantas vezes eu disse que não vendo?

— Mil vezes.

— Mil duzentas e trinta e nove. Por que insiste?

— Incrível! Como você sabe esses números?

— Está aqui. Anoto toda vez que alguém pede algo. Tenho tudo anotado.

— E o que vai fazer com isso?

— Alguém neste mundo tem ideia do que vai fazer com o quê? E por que a senhora quer essa caixa?

— Porque quero. Sabe quando você quer uma coisa? Quero porque quero.

— Não vendo. Ela está aí porque está, por motivo nenhum. Adoro coisas sem motivo, sem razão, sem necessidade de explicação, o ser por ser. Talvez a caixa me lembre alguém, não sei quem.

— Tem certeza? Ninguém sabe nada de nada de ninguém. Morrem? Vamos morrer. Quanto tempo acha que tem de vida, Evaristo? Você, eu. Quase nada? Nem sabemos por que estamos vivos. Nem o que fazer. A gente nem sabe o que é estar vivo. Não é louco isso? Estou viva e não sei para que, nem o que vai ser.

— Se pensa assim, não vale a pena. Mas não sou desse jeito. Quero ir até o fim, ver como isso vai acabar.

— Como vai acabar? Já acabou!

— Tivesse acabado, os motoqueiros não estariam por aí como loucos para levar coisas. Quando o último motoqueiro passar por aqui e me disser "Estou indo", aí então acredito que acabou. Darei um tempo e direi: "Acabou mesmo".

— E quantos motoqueiros restam, meu amigo? Você mesmo diz que tem dia que não passa nenhum.

— Verdade, muitos não vejo há meses. Eles diziam que os clientes sumiam, não chamavam, os aplicativos não respondiam.

— E o que vai fazer?

— Esperar para ver onde vai dar tudo isso.

— Onde vai dar? Já deu. Aquele Destemperado nos deixou loucos de pedra. Ele conseguiu. Não vai sobrar nada, e você vai ficar aqui esperando. É palerma, burro ou o quê?

— Não sei. Tenho preguiça. Sou calmo, sossegado. Sou assim, lerdo.

— Olha aonde a lerdeza nos trouxe. Cadê a vida?

— Isso é o que fico pensado. Para onde foram todos? Era uma porrada de gente. Agora tem só alguns, e esses vão se acabar. Que se acabem antes de mim. Vou esperar para ver.

— De tanto termos esperado para ver, deu no que deu. Pois foi assim, Evaristo. Esperamos para ver. E olhe em volta. O que há?

— Boa pergunta, dona Carla. Muito boa. O que há? É isso, sabe? É isso o que sonho saber. O que há? O que é? Por quê?

— E se ninguém te responder?

— É porque não há resposta.
— E isso te satisfaz?
— Não sei. Mesmo sabendo, fazer o quê?

UM NOME DE FAMÍLIA

Naquela época, o painel mostrava quanto de impostos era pago no país inteiro a cada segundo. Ficava no centro de São Paulo, no viaduto perto da Associação Comercial. Depois que a Funesta começou a devastar, o Ministério da Saúde passou a anunciar os mortos em painéis luminosos. Primeiro a cada semana, depois a cada dia, depois a cada hora, minuto, segundo, até que o painel passou a girar tão desequilibrado que ninguém mais sabe quantos morrem. Parece que vão trocar: vão anunciar somente quem está vivo graças ao trabalho do Destemperado.

Certo dia, um jornalista perguntou:

— Destemperado, por favor! Destemperado é nome de família?

— Deixa primeiro eu te dizer que tua mãe é uma puta. Agora, saiba: sim, era o nome do meu bisavô, que comia a vaca da tua bisavó. Do meu avô, que comia o veado do teu avô chupador de pau. Do meu pai, que cansou de colocar no cu do teu. E meu, que vou te enrabar, assim como vou enrabar tua mulher, teus filhos, filhas, netos e netas. Está bem assim? Filhodeumaputa que ainda usa máscara nessa cara de merda.

A CAIXA VEIO ANTES DA MÃE

Quando nasci, a caixa estava ali, na mesma posição. Lembro-me – e por que me lembro? Qual o alcance da minha memória?

Assim que abri os olhos, e meus olhos puderam ver as coisas, encarei a caixa.

Não sei em que posição estava, mas foi o primeiro objeto que vi. Antes mesmo do seio de minha mãe, que aliás não teve leite para me dar, ela secou. Vi a caixa e fiquei perplexo. Evidente:

nada sabia. Não tinha noção do que era uma caixa. Não conhecia o universo.

Não perguntei, não sabia que podia perguntar, não sabia o que era pergunta, não sabia falar.

É horrível nascer. Vi um rosto, feio, e mais tarde soube que era meu pai. Outro rosto, e mais tarde soube que era minha mãe. Não amava nenhum, não tinha noção do que era amor.

Gostava da caixa. Para que servia? Se bem que ainda não conhecia as utilidades dos objetos. Não sabia o que eram objetos, nem utilidade. Não sabia por que nascíamos. Não tirava os olhos dessa caixa. Não posso dizer a razão. Nascemos sem noção de razão. Nascer é um mistério.

De qualquer modo, achava melhor aqui fora do que dentro da barriga de minha mãe. Tempos depois, aprendi o que era barriga.

A caixa era interessante. O que era, para que era, por que existia no quarto de minha mãe? Se tivesse sabido o que era perplexidade, teria dito: “Estou perplexo”. Não podia dizer; nem conhecia conjugação de verbos. Assim fui ocupando meu tempo, enquanto me alimentavam para que crescesse, engordasse, me tornasse saudável.

Meu pai disse um dia:

— Vai ser um bom menino, forte. Vai gostar da vida.

Guardei as palavras sem saber o que era bom, ou menino, ou forte. Muito menos gostar, ou vida.

A CAIXA DESAPARECEU UM DIA

Olhei, não estava lá.

— Bom dia, Evaristo. Alguma notícia boa?

— Notícia boa? Ah, há quantos anos você passa e me pergunta! Não, nenhuma notícia boa hoje. Mas continue esperando.

— Esperar até quando?

— Não há como saber. Não há como saber nada. Nada de nada.

VOCÊ É FELIZ?

Minha vida está meio uma merda agora. Você é bem-sucedido, eu sou bem-sucedido, mas fico pensando: você é feliz?

(Recortado de uma matéria da *Folha de S.Paulo*, sobre um e-mail do chef Anthony Bourdain, o mais famoso do mundo e que se suicidou.)

POR QUE FAÇO ANOTAÇÕES E GUARDO?

— O senhor sabe a quem foi atribuído o pensamento: "Como se me apresentaria o mundo se eu pudesse viajar em um raio de luz?"

O ANIMAL QUE COME AS NOITES

Nada a fazer agora.
Nada a fazer dentro de uma hora.
Nada a fazer até a noite.
Nada a fazer na vida.
Nada com que me preocupar.
Nenhum problema a resolver.
Curioso. Nenhuma angústia, nenhuma ansiedade.

Poucos têm vida como a minha. Não sofro de depressão, não me sinto vazio. Nunca pensei no amanhã. O amanhã desaparece a cada noite, engolido por um animal estranho, cuja espécie não sei determinar nem classificar, e pouco me importa o que seja. Ele não me ataca, não me morde, não me parece feroz. Engole o amanhã todinho. Não é repulsivo nem desagradável, ao contrário das melecas pegajosas dos seres de filme de terror. Ele vem do quintal e come tudo, angústias, preocupações, problemas, ansiedades, enjoos, ânsias, desejos, projetos, lembranças, mal-estares, dores. Limpa tudo, me deixa vazio, em branco. A chegada dele é uma visita bastante esperada.

Depois que ele se vai, apanho a cadeira, levo para a calçada, sento-me, espero o tempo rastejar e olho o caracol. Outro dia, Ítalo passou e comentou:

— Se ao menos o Brasil caminhasse no ritmo desse caracol, seria uma velocidade espantosa, comparativamente maior que a da Fórmula 1.

NO CORREDOR DA MORTE

— Itamar! Como você está? E Heleninha?

— Confirmaram, Funesta-17. Ou foi erro do posto.

— Já estamos na 17? E as vacinas? Não chegam?

— Tomara que não seja a Funesta. Agora também chamam de a Infame. Sabemos que pegar a doença é morrer.

— Neluce sente falta de Heleninha, mas é melhor não nos visitarmos. Estou sozinho, praticamente morando na sala. Ela dorme, quer silêncio.

— Tenho te achado muito esquisito, Evaristo. Meio caído, sem ânimo para nada. Tem vindo cada vez menos à banca. Tempos atrás – aliás, segundo sua nova teoria, porque você sempre foi cheio delas, eu deveria dizer tempos à frente –, se eu me visse sozinho, eu podia fazer uma puta farra, mas me comportava, porque era o que esperavam de mim. Dura a vida de quem se comporta como os outros esperam.

Agradeço as laranjas-limas que Itamar me trouxe e que são avatar desde a minha infância. Sentava-me embaixo de um pé de laranja-lima e chupava uma dúzia – ou mais, se fossem daquelas açucaradas. Onde Itamar as conseguiu? Como? Devem ter custado um caralho de dinheiro. Há tempos – e aqui embatuco: devo dizer nestes tempos que estão por vir? –, a Giselda, nossa colaboradora doméstica, ao ir embora no final da tarde, deixava na geladeira uma laranja-lima ou uma lima-da-pérsia descascada e cortada ao meio, para que Neluce e eu nos refrescássemos quando chegássemos do escritório – ou seja, quando saíssemos do *home office* que dividíamos e viéssemos para a sala.

— Itamar, dias desses eu e Neluce vimos um velho documentário sobre Caryl Chessman, um americano que, lá por fins dos anos 1940, tinha sido condenado à morte por sequestro, roubo e estupro. Ele sempre negou a culpa e ficou muitos anos esperando a execução, que veio quando Chessman estava perto de completar 39 anos. Foi um processo que abalou a opinião pública mundial. Assistíamos ao documentário e, a certa altura, Neluce e eu ficamos muito confusos, preocupados mesmo, porque nos pareceu que era uma transmissão ao vivo do caso. Fomos consultar o Google e vimos que Chessman tinha morrido na câmara de gás em 1960. Me deu certa angústia imaginar que tínhamos recuado tanto e que talvez continuássemos nessa marcha à ré – até quando? Confesso, meu amigo, que ficamos mal e tomamos vários *negronis*, até estarmos embaladinhos. Aí a conversa piorou, porque ficamos a cogitar – isso mesmo, cogitar; gostou? – sobre como se sentem os condenados nas celas do corredor da morte, de onde os levarão para a injeção letal, ou a cadeira elétrica, ou a câmara de gás. Deve ser igual a agora: sabíamos que, saindo, estaríamos no corredor. Até que um dia nos acostumamos: podíamos sair, porque não havia mais gente para sair, quase todos estavam mortos ou tinham ido embora. Quase todos… Quantos sobraram? Terão sobrevivido? Mas permanecemos isolados, não havia – e acaso há? – quem encontrar na ruas.

SOZINHOS

Neluce desligou o robozinho circular que tira a poeira do chão. Não há quem não tenha um. Ela toma um litro de água.

— Sabe, meu bem? Me sinto tão sozinha! Nem imagina como tem dias que me sinto só!

— E eu? Não estou aqui do seu lado?

— Quando vejo que você está junto, me sinto mais sozinha ainda.

Não imagino a vida sem ela.

GALOS MORTOS SEM RAZÃO

Quatro da tarde, sol escaldante, o sujeito caminhava quando um galo saiu de um portão, cacarejou, o homem se assustou, tirou o revólver do bolso da capa (por que usava capa com aquela temperatura infernal?) e deu cinco tiros no galo. Estraçalhou o bicho, que nem sequer tinha cacarejado mais, não soube por que tinha morrido. (Aliás, ninguém sabe por que morre.) Tiros secos que ecoaram pela rua, e tive medo de que me matasse, devia haver ainda uma bala na agulha.

Ninguém saiu às janelas nem às portas, as casas estão desertas. No bar da esquina, há tempos o grupo habitual não vem tomar cerveja gelada. Sim, claro, o bar fechou. Tanta vontade de estar num bar! Um dia tirarei folga.

Dia desses, perto das ruínas do Tênis Clube, um sujeito alto, ex-campeão de basquete, me agarrou:

— Por que roubou minha memória?

— Eu? Roubar sua memória? O que está dizendo?

— Não me lembro mais de nada e sei que foi você. Me contaram.

— Quem contou o quê? Para que eu roubaria sua memória? O que vou fazer com ela? Lembrar o quê? Cada um tem suas lembranças, fazem parte da vida, mostram como cada um viveu e armazenou.

— Sei disso e me sinto perdido com a memória vazia. Foi tudo embora, as coisas boas e as ruins.

— Então não foi de todo mau. Para que alimentarmos lembranças ruins?

— Não me lembro de mais nada e, quando olho para você, sei que está lembrando as minhas lembranças. Isso é ruim demais! O que você vai saber de minha vida, de tudo? Devolva minha memória!

— Mas como roubei sua memória? Você é moço demais. O que eu faria com lembranças de um desconhecido?

— Meus jogos de basquete – belos jogos, lindas vitórias, eu carregado fora da quadra, mulheres em penca atrás de mim... Tudo se foi, parece que abriram o ralo e as memórias foram pelo esgoto. Nem sei como chegaram a você. Meu pastor, terrivelmente evangélico, disse que está havendo muita transferência de almas. Foi o que aconteceu! Você levou minha alma, minhas lembranças, minhas recordações íntimas. Tenho medo do que possa fazer com elas. Sei que foi você – quero de volta!

— E como tirei sua memória? Um pastor terrivelmente evangélico te disse?

— Num encontro violento na quadra, querendo me tirar a bola, você, de propósito, me deu uma cabeçada.

— Eu? Nunca entrei numa quadra na vida!

— Foi você. Era sua cara, sua altura, seu jeito.

— Olhe minha idade! Acha que ainda jogo basquete? Meus braços nem conseguem segurar o garfo para comer uma banana...

— Banana não se come com garfo. Foi você. Vai, devolve minha memória – quero! Vamos ao pronto-atendimento, há um aqui perto, descendo quatro andares de subsolo.

Mas o subsolo só tinha dois andares, e nos vimos perdidos num labirinto. Caminhei e percebi que estava sozinho. Ao tentar chamar o homem que me tinha trazido até ali, vi que não sabia o nome dele. Quis voltar, mas caminhei meia hora – e como sei que foi meia hora? – e só andei e andei na escuridão. Pensei que meus olhos se acostumariam, e eu, como os gatos, conseguiria ver no escuro. Não aconteceu. Os olhos dos humanos são diferentes daqueles dos gatos.

Até que, apalpando, cheguei ao que me pareceu uma abertura. Era outro corredor. Caminhei. Nada ouvia. Vocês não sabem como o silêncio absoluto é desesperador para quem está – ou melhor, para quem estava – acostumado com vozes, buzinas, apitos, gritos, brecadas, chamados, canções que não sabemos de onde vêm, balas perdidas. O som de revólver batendo na janela do carro e a voz dizendo:

"O celular, perdeu, perdeu."

"O relógio, perdeu, perdeu."
"O cartão de crédito, perdeu, perdeu."
"O tênis americano, se fodeu, cara."

O som do sinal de que chegou mensagem pelo WhatsApp, o som do aplicativo que chama táxis, o barulho do liquidificador, o chacoalhar da coqueteleira quando faz margaritas ou daiquiris. O ruído de um peido, um vômito, uma descarga. Um sino de igreja, o locutor do metrô anunciando a próxima estação, a sirene das ambulâncias e carros de polícia, o escapamento das motos, o cri-cri de um grilo, o coaxar de um sapo, o gemido de uma mulher gozando, o canto das cigarras, o guizo de uma cascavel, o tilintar de uma campainha de bicicleta, o ronronar de um gato, o clique de um interruptor, a explosão de dinamite arrebentando caixas eletrônicos, o pedido de silêncio do presidente de algum Legislativo, o tom peremptório de um policial dizendo "Em nome da lei, o senhor está preso", o ruído das algemas prendendo as mãos de um bandido, um homicida, um ladrão, um corrupto, um diretor da Petrobras, um inocente, uma mulher que roubou um potinho de comida de bebê. O som da água podre escorrendo pelos esgotos imundos de Brasília.

Mas tudo isso é o futuro, hoje cada vez mais distante.

Onde ficou Neluce, que não consigo lembrar onde nos separamos? Seria ela recordação daquele jogador? Mas, se minhas memórias se juntarem às dela, como separá-las? Tenho medo de que, por transferência, venham outras, e outras, e outras, e a minha caixa cerebral não tenha mais espaço para lembrança alguma, e eu passe a viver e a esquecer no mesmo momento. O que não seria de todo mau. Melhor nunca mais sair de casa, melhor não me aproximar de ninguém, vai ver isso está acontecendo com todos os que restam.

DIÁLOGOS ROTINEIROS

— Bom dia, bom dia, como vai?
— Esperando.
— Esperando?

— Essa porra dessa Funesta, não tem como escapar, acaba uma cepa, começa outra, acaba uma, começa outra.

UM DIA, MATO O DESTEMPERADO

Meu sonho é matá-lo. Não digam a ninguém. Posso ser morto por um miliciano. Estou me repetindo? Muitas vezes me ouço dizer a mesma coisa de novo e de novo, e isso me incomoda. Acho que já falei em matá-lo vinte vezes, estou cansando. Falo demais? Como o Destemperado. Diz sim, diz não. Diz sim/não. Usa muito sim/não. Diz qualquer coisa. Há muitos anos penso nisto. Matá-lo. Sabe-se que houve dias em que tentaram. Há muito procuro um jeito, um modo. Sei que a segurança dele é fantástica, tal o medo que tem de ser morto. Vou pensando e me armando devagar. Boas ideias não surgem de repente. Tudo depende da ocasião. Júlio César morreu. Somoza morreu. Kennedy morreu. Lincoln morreu. Martin Luther King morreu. Marielle morreu. Lumumba morreu. E Gandhi, Indira, Pancho Villa, Bin Laden, John Lennon, Malcolm X, o arquiduque Francisco Ferdinando, Rasputin. O presidente do Haiti foi assassinado dentro de casa. Seremos o Haiti um dia? O Destemperado gosta de correr para o meio do povo, aplaudido por seguidores. Um dia, ele se descuida.

CAMEMBERT ASSADO COM AMÊNDOAS

— Vendo Paris nesse filme, me dá uma tristeza enorme, Evaristo. Pensar que nunca mais poderemos ir lá!

— E o que você faria, se fosse agora?

— Voltaria ao Le Petit Pontoise para comer aquele *parmentier* de coelho desfiado...

— Pois eu prefiro o *camembert* assado com amêndoas.

— Mas isso não era uma entrada?

— Bastaria para mim, com um Savigny-lès-Beaune.

— Comer e beber, a gente sabe. Sempre soubemos.

EXISTIR, NÃO EXISTINDO

Clécio chegou com ar irônico. Detesto esse homem. Sempre me provoca, e isso há mais de trinta anos – ou menos? Bem, ele talvez nunca tenha implicado comigo, é verdade. O que sei é que sempre teve olhos para Neluce.

— Olha só, Evaristo: bati dez fotos suas.

— Para que fotos minhas?

— Para me certificar de uma coisa pela enésima vez.

— Certificar-se de quê? Qual é a sua?

— Comecei a tirar fotos de gente interessante durante a pandemia. Faz dez anos que tiro e fui descobrindo uma coisa louca. Bato a foto e, quando vou ver, a pessoa não está lá.

— Como é? Desapareceu? Vai ver, você errou alguma coisa, a foto não foi batida.

— Pensei nisso, uso a câmera e o celular. Quando revelo, o fotografado não está. Pode ser problema com o filme. Ou com o chip. Se abro o celular, nada encontro.

— Tem certeza? Quando revela o filme, quando abre o chip, o que sai? Um negativo preto? O entorno da pessoa está ali, o lugar...?

— Aparece tudo, menos a pessoa.

— Ou é mentira sua, só veio aqui encher meu saco.

— Evaristo! Tirei mais de trinta fotos suas. Olhe aqui.

Colocou as ampliações sobre a banquinha.

— O que vê?

— Nada. Muros, cercas, uma árvore, uma barraca com a lona podre. Uma ponte, parece-me que do Tietê, mas pode ser o rio Piracicaba, ou o Spree, o Danúbio, o Guaíba.

— E cadê você?

— Não estou.

— Mas esteve nestes lugares. Lembra-se? Olhe bem, você estava lá na barraca do Michel, na cerca do pasto do Torres, na praia do Bonete... Esteve, não esteve?

— Na verdade, não sei se estive. Ando esquecendo tantas coisas, bobagenzinhas.

— Mas eu te fotografei, fomos juntos ao Bonete.

— Não estou mesmo em nenhuma foto. Acho que veio me aporrinhar, você nunca me fotografou.

— Talvez você não exista, Evaristo. Isso que estou tentando demonstrar. Por que as pessoas estão aí e não aparecem nas fotos? Pense bem, meu amigo. Por que você não existe? Por que as pessoas não estão existindo, ainda que existam?

— Ora, vá tomar no seu cu. Tem gente sumindo, isso tem. Mas a gente sabe que morreu.

— Mas você está vivo e não está na foto.

— Vivo? Sabe quantas vezes me pergunto se estou vivo? Um milhão de vezes. Vai que na hora em que você me fotografa, estou morto. E quando morro, desapareço da foto.

— Agora é você me aporrinhando. Morto desaparece da foto? Onde achou isso? É ciência? Religião? Fenômeno paranormal. Diga, você que sabe tudo, é o que todo mundo diz.

— Engano todo mundo. Digo cada coisa que nem eu acredito. Minto, invento, é a única forma de aguentar. Só que isso hoje não tem mais importância. Há muito a dizer e desdizer, dizer o impossível e fazer as pessoas acreditarem nisso ficou normal. Por que todo mundo vem aqui me perguntar coisas?

— Se não a você, perguntar a quem? Onde estão as pessoas?

— Duzentas e vinte milhões – sabemos todos – estão mortas. Por isso esvaziaram hospitais, sobrou UTIs, há vagas. Só não tem mais gente para ocupar as vagas.

— Isto eu sei. Mas por que os fotografados somem das fotos?

— Por quê?

Ele vai embora. O problema do Clécio é que há anos ele tenta um projeto e não consegue realizar. Sonha em fotografar o silêncio. Há vinte anos quer isso, já tirou mais de mil fotos e nenhuma para ele é o silêncio. Outro projeto dele é capturar o vazio e fazer uma exposição internacional. Ao querer fotografar o NÃO, ele fracassou totalmente, mas ainda insiste. Não acredita que o NÃO não exista. Gosto de gente assim, com ambição, determinação. Invejo. Ele diz que quando fotografar o NÃO, conseguirá explicar o nada.

Depois, o eterno, chegando ao infinito. Sua glória, acredita, vai se dar no dia em que fotografar o invisível. Parece fácil, você pode mostrar uma foto sem nada e dizer "isto é o invisível". Porém, ele quer que o invisível apareça, tome forma. Admiro quem busca coisas impossíveis. Já busquei.

O CARACOL SOBE O MURO

Deixando sua trilha gosmenta, o caracol sobe o muro devagar, mais lento que o tempo. Ele está a 9 centímetros do solo. Não deve ser o mesmo caracol. Como Evaristo controla os dias?

AO MORRER, QUERO FECHAR OS OLHOS

Como será que vou morrer? Serei encontrado por quem? No chão do quarto e sem o mínimo traço de violência? Deitado como se estivesse dormindo? Olhos fechados? Tomara que tenha tempo de fechar os olhos – cadáveres com os olhos abertos sempre me provocaram mal-estar. Como se o morto estivesse olhando desesperado, a pedir socorro.

Do que eu teria morrido? De aneurisma? AVC? Cirrose hepática? Câncer no pâncreas? Engasgado? Da Funesta, da Infame? Não, não quero morrer da Infame, sem respirar, buscando ar e não encontrando, deitado em leito de hospital e ouvindo alguém dizer:

— Entre este e aquele ali, vamos escolher aquele, que ainda tem chance de vida.

Morrer ou viver por sorteio. Mega-Sena, loteria esportiva. E dizem que quem escapa fica com sequelas tão horríveis que melhor teria sido ir embora.

E se tiver chance de me salvar, mas ninguém me encontrar, não houver um médico, uma enfermeira, alguém disponível na hora? Morrer sabendo que poderia ter sido salvo. Tinha 17 anos quando meu irmão caçula morreu de meningite aguda. Entre ter ficado rígido num final de tarde e estar morto no crepúsculo do dia seguinte, nada conseguiram os ineficientes médicos do hospital. Morreu às cinco da tarde, e à meia-noite não tinham ainda liberado o corpo. Meu pai, exausto, sufocado, chamou um táxi (naquele tempo se chamava carro de aluguel), abraçou o filho e sequestrou-o do hospital sem nenhuma documentação, sem nada.

Eu estava à espera quando meu pai chegou em casa, sem uma lágrima, mas opresso, quase tendo um infarto. Largou meu irmão na cama e desabou. Naquele momento corri ao quintal, subi à mangueira, até o galho mais alto, para que minha voz chegasse aos céus, e xinguei Deus. Xinguei muito, dos piores nomes. Desde a morte daquele menino, devem ter-se passado mais de sessenta anos. Acrescentemos os anos – ou décadas – que regredimos.

Deus meu, fechei os olhos de Neluce?! Tenho de correr, abrir tudo, olhar para os olhos dela.

Dará tempo de voltar lá? Mas como encontrar o túmulo? Eu não quis colocar nome. Aliás, nenhuma sepultura tem nome. Para quê? Como me descuidei, eu não fiz um mapa, nem marquei referência alguma. E se abriram a campa para enterrar outras pessoas? Preciso voltar lá!

O que digo? Ela está em casa, dorme.

Vivemos tempos sombrios, em que as piores pessoas perderam o medo e as melhores perderam a esperança.

Hannah Arendt

NELUCE RI DE MIM

Naquela tarde, Neluce me olhou e caiu na gargalhada. Quando ela ria, ria mesmo. Riu, riu, e fiquei feliz. É tão raro alguém rir nestes tempos!

— Quero rir também, conte o que é!

— Olhe no espelho.

Havia um no porta-chapéus, que tinha sido de meu avô, marceneiro de mão-cheia. Olhei. Ri também. Em lugar da máscara preta, eu tinha colocado uma cueca. Por isso a “máscara” estava confortável, solta.

— Amanhã você sai com cueca na cara e eu com uma calcinha – disse Neluce. — Vamos viralizar nas redes.

Ela foi para a cozinha, e voltei a me olhar no espelho. Alguma coisa tinha mudado em meu rosto. Coloquei a foto na internet, viralizou mesmo. As redes aceitam qualquer merda.

O CÉU SE COBRIU INTEIRAMENTE DE PRETO

Nesse mesmo dia, levei um susto muito grande: um estrondo metálico bem no meio da sala. Fiquei apavorado. Uma bala perdida? Alguém querendo me matar com fuzil de longo alcance? Atirei-me ao chão – já vi filmes suficientes para saber que é o que se deve fazer. Tremendo, rolei para junto de um sofá. Penso muito em morrer, mas, na hora em que a morte passa perto, a gente esquece. Quem estaria querendo me matar? Por quê? Teriam lido meus pensamentos sobre matar o Destemperado? Mas, até hoje, só conheço um único bom leitor de pensamentos. Ou melhor, leitora. Na cena da boate nas termas de *Oito e meio*, é a velha que penetra no pensamento de Marcello Mastroianni – aliás, Guido – e não compreende o sentido da frase "*Asa Nisi Masa*", vinda da infância. Daquela noite em que as pessoas dos retratos se movem. "*Non capisco Asa Nisi Masa*", diz a velha.

Não sei quanto tempo fiquei imóvel. Ainda bem que Neluce não ouviu. Dormia. Fiquei preocupado: e se ela tinha morrido ali, sozinha, e perdi seus últimos momentos? Eu nunca mais tinha tido coragem de entrar em nosso quarto; fico aqui na sala ou no estúdio, estou sempre com uma lima gelada num prato. Depois de um tempo, fui olhar e, no chão da sala, vi um pedaço de metal em meio a estilhaços. Era uma placa de imobiliária: aluga-se. Dessas que vêm sendo colocadas em cada porta, portão, edifício, para tentar captar clientes que não existem. Há prédios com fachadas cobertas por placas de aluga-se, vende-se, consultem nossos corretores, em grandes letras vermelhas ou azuis.

De anos para cá, tudo foi se esvaziando. Todos aqueles prédios cujos bate-estacas nos infernizaram por meses e nos quais tinha sido investido dinheiro grosso, porque havia quem alugasse ou comprasse. Era a febre, *boom* imobiliário, todos felizes, *showrooms* luxuosos, festas de lançamento, champanhe, frisantes, *prosecchi*.

Agora aquela placa tinha se despregado, e nos dias seguintes se despregariam mais, e nos outros dias, e em todos os dias e semanas. Ninguém podia sair à rua (mas também quase não havia quem saísse). Você estava lá e, de repente, *zum!* – uma placa passava zunindo e caía na calçada, e outra, e outra, e houve quem se machucasse seriamente – ou tivesse o pescoço decepado. O melhor era ficar em casa, mas eu precisava ir à banca, ainda que, vou dizer, quase nada mais acontece na banca, não sei como vai ser. *Zum! Zum! Zum! Fium!* – as placas zuniam, como que uivavam, sibilavam como cobras, se é que cobra sibila mesmo. Era *zuuuuum! Zuuuuum! Zuuuuum! Fiuuuuum!* Ouvíamos um estrépito ou um troar, placas pequenas caíam, fechavam o céu, milhares delas, como uma cúpula geodésica, tapando o Sol. Era *fóóóóóóóó!* e um estrondo, como um bombardeio aéreo. No primeiro dia durou cinco horas, no dia seguinte durou nove. As placas deviam estar vindo de todos os lugares, a trovejar, eu cada vez mais apavorado. Ainda bem que Neluce não acordou nem uma só vez durante as duas semanas – ou mês, sabe-se lá – em que o céu se fechou por inteiro. O turbilhão, furacão ou tsunâmi, nem sei como classificar, de aluga-se, vende-se, estúdios, quitinetes, um dormitório, 15 metros quadrados, ideais para *home office*, sete suítes, jardim interno, academias, todo o vocabulário usado pelas imobiliárias, descendo como raios, matando – porque acabou tendo muita gente morta. Eu olhava aqui do terceiro andar, tinha vontade de chamar Neluce, era imperdível. Naquele tempo em que todos tinham celulares, poderia ter gravado. Mas gravar para quê?

A ÚLTIMA PASSAGEM DOS NEGROS

— Venha, Neluce, corra, corra ou você vai perder.

—

— Neluce, venha logo, está acabando.

—

— Por sorte eles andam devagar, mas são cada vez menos.

—

— Não disse, meu amor, eles se foram. Os últimos negros do Brasil. Nunca pensei que fossem tantos, além dos que já morreram. Lembra-se como o Desatinado reclamava? Não há como enterrar os brancos, imaginem esses negrinhos. Como ele odiava gente negra, queria uma nação de brancos, de olhos azuis, saudáveis, bem armados. Como um negro vai segurar o fuzil? O coice acaba com ele! Passaram por aqui aos milhares, caminhando com dificuldade, agarrados a pedaços de não sei o que, comendo não sei o que, indo não sei para onde. Gente que gosta de dançar, fazer macumba, beber cachaça, sambar? Trabalhar? Nada.

—

— Você precisa sair desse quarto, meu amor. A vida acabou para você? Não tem mais nenhum interesse em nada. Onde está aquela minha Neluce? Onde está?

QUANDO TODOS ESTAVAM VIVOS

— Lembra-se da última vez que fomos ao Rio de Janeiro? – disse Neluce. — O lugar fantástico onde comemos?

— Fomos ao Sud, e a Funesta estava dando seus ares. Decidimos apanhar todo o nosso dinheiro e gastar num lugar que nos desse muito prazer. Nem que fosse para torrar tudo, afinal não tínhamos tanto. Escolhemos, escolhemos e fomos ao restaurante da Sudbrack.

— Nunca acertamos tanto! Melhor do que isso na vida, só ter te conhecido.

— Não sabíamos o que pedir, mas Roberta surgiu, vinda do fogão à lenha, e foi encantadora: "Querem escolher, pedir no escuro? Ou preferem que eu mande o que penso que vai ser melhor com esse jeito de vocês?" Diante de nosso olhar de dúvida, sem sabermos como resolver, ela decidiu mandar por conta dela, só deveríamos dizer quando parar. Poucas vezes uma decisão foi tão difícil.

— Nem quando você demorou para resolver me namorar?

— Joguei na sorte, já tinha tido algumas decepções...

— Duvidou? Escolheu na sorte? No palitinho? Ou ainda tinha esperança? Mais do que quando teve de desistir daquela Anna com dois enes na cabeça?

— Anna? Por que você volta ao assunto? Acabou, morreu, e com ela tudo se foi. Te adoro, Neluce, aproveitemos o jantar. Quando te vi pela primeira vez, já tive certeza. Não precisei jogar na sorte, nada. Decidi direto. Aquela sua imagem no clube nunca me saiu da cabeça. O Sud... Pela primeira vez não nos assustamos com possibilidade de não poder pagar, tínhamos nos preparado para viver o momento. Pouca gente sabe o que é sentar e não olhar para os preços, escolher pela descrição dos pratos. Ou, delícia, ouvir a chef dizer: "Vou mandando". Sabíamos que íamos gostar de tudo, estávamos ali para gostar, ter orgasmos, e os estremecimentos começaram com os mandiopãs crocantes, tênues como hóstias, sabor perdido da infância e do interior. Havia quanto tempo não comíamos mandiopã? O tempo perdido retornou, e não foi com um biscoito *madeleine*, foi com um mandiopã caseiro, feito em Minas e enviado ao Rio especialmente para Roberta. Era noite no Jardim Botânico, e começamos com a *burrata* artesanal com milho assado, linguiça caseira e pão também caseiro.

— Pedi o peixe do dia na brasa, com *couscous* de legumes orgânicos e *cavolo nero*, e você, tenho certeza, quis o arroz caipira de frutos da terra. Ainda ficou em dúvida se pedia o filé na brasa, com farofa de ovo caipira e abobrinha da vó Nica. Essa vó Nica nos deixou curiosos – seria a avó dela, Roberta?

É famosa a história: ela morava com os avós, o avô morreu, e Roberta teve que se virar. Precisou sustentar as duas, e aí tudo começou.

— Gostoso ver que ela não sabia quem éramos, se ricos ou pobres, e atendeu como se fôssemos os únicos naquela sala perfumada por comida. Não tinha garçom rondando para apanhar o vinho toda hora, encher a taça e terminar logo a garrafa – velho truque bobo. Pedimos em taças, depois mais duas taças, e continuamos. Ela riu: "Melhor teria sido pedir a garrafa". Era quase meia-noite quando saímos, em estado de graça, e fomos caminhando, meio que perdidos nas ruas, sem medo naquele Rio de Janeiro escuro e deserto – tínhamos certeza de que nada nos ameaçava. Mal sabíamos que o inferno estava para começar. E que todos estávamos condenados.

CANTINHOS IMEXÍVEIS DE CADA UM

— Vamos lá hoje, Evaristo?

— Lá onde, Itamar?

— Na tua casa. Estou louco para conhecer. Neluce dizia que é uma loucura de caixas, caixotes, malas, baús, minicontêiner, jornais em pilhas que vão até o teto, potes de vidro, pastas com fotografias, papéis, bilhetes, fotografias, recortes, bibelôs, estatuetas, caixas com bolinhas de gude, latas, estantes repletas de livros. Verdade que você ocupou dois apartamentos vazios no prédio? E que vai ocupando galpões abandonados pelas empresas de logística? Ficou louco?

— A quem Neluce conta isso, Itamar?

— À Heleninha, minha mulher. Elas participaram juntas de *lives* de ajuda social.

— Neluce nisso? Nunca me falou.

— Pois as duas eram empenhadas. Distribuíam cobertores, café quente e pão, sopas, cestas básicas. Livros. Abriram até um clube de leitura.

— Clube de leitura? Neluce? E o que elas liam?

— A Heleninha não me contava.

— Mas ela não levava para casa os livros?

— Vez ou outra. Sempre que fui olhar, vi que eram autoras. Mulheres. Ou sobre mulheres.

— Sobre mulheres? Sexo?

— Nem sempre. Muitos eram sobre relacionamento, filosofia.

— Relacionamento? Onde será que Neluce guarda os livros dela? Às vezes, vejo que está lendo. Gostaria de saber o que, sobre o que. Ela jamais leria esses romances populares para mulheres.

— Por que nunca perguntou?

— É uma pessoa fantástica. Mas vivemos nossas vidas, com momentos separados. Cada um de nós tem seu cantinho próprio. Imexível, como ela diz.

— Cantinho? Que cantinho?

— Achamos que deve ser assim, cada um com seus lugares secretos.

— E que lugares secretos são esses?

— Secretos, invioláveis pelo outro. Não sei explicar bem. Uma coisa é viver, outra é explicar a vida. Temos de explicar tudo? O tempo inteiro? Há coisas que são só nossas.

— Evaristo, você amava muito Neluce?

— Amava? Amo. Mais do que tudo.

— E nunca se abriu inteiramente? Nunca se rasgou todo e disse coisas suas, lá de dentro?

— E o medo? Há coisas que a gente guarda. São nossas, muito íntimas. Fazer o quê?

— Medo?

— Se eu contasse, ela poderia achar que também deveria contar algo dela.

— E daí?

— Daí que de repente eu poderia descobrir coisas que me machucariam e me fariam perder a confiança. Saber que ela teve ou tem outro, um sujeito que preenche um vazio dela, que eu não preencho. Eu não suportaria.

— Ciúmes? Você preferiu viver nesse inferno? Se ela tivesse tido outro, teria contado à Heleninha, e certamente a Heleninha teria me contado, e eu teria dito a você.

— E se ela soubesse que, se contasse à Heleninha, ela te contaria e você me repassaria tudo?

— É, elas sabiam como os homens são.

— Sabiam? Sabem. E você? E se você soubesse, você me contaria? Ela nunca disse nada sobre o Contardo?

— Que Contardo? O terapeuta, psicanalista, jornalista?

— Esse mesmo. Tenho a pulga atrás da orelha.

— Esse Contardo era um puta de um cabeça. Cara sério, direito. Encantava as mulheres, mas também os homens. Homem correto, que seduzia pela cultura. Pare de minhocar, Evaristo. A solidão tem te perturbado desde que Neluce morreu.

— Neluce morreu? Não me venha você também com essa história. E só você sabe? Quem te contou? Neluce dorme. Não deixa o quarto. Ou deixa muito pouco. Quando sai, temos tido ou discussões bobas ou lembranças incríveis. Você a conhecia, ela gostava de me contrariar quando achava que eu dizia bobagens.

— Como? Eu a conhecia? Se conhecia, não conheço mais. Acabou de revelar, amigo. O que houve? Por que não me conta?

— Não há o que contar, apenas que você está certo: Neluce não está nada bem, quase não acorda, não se levanta nunca. Nossos pequenos gestos diários desaconteceram. Entendeu? Seria horrível para mim saber algo de Neluce. Nem conheço esse Contardo, sei das crônicas, era muito lido e respeitado, eu que devo ser desconfiado, me torturo e sofro. Neluce lia muito, repetia para mim os pensamentos dele, foi um sujeito genial. Mas, se eu soubesse algo de Neluce... Não sei, seria difícil, um inferno. E se soubesse e ficasse em dúvida? Seria verdade? Fofoca? *Fake news*? Poderia acabar com tudo baseado em mentiras. Imaginou a minha situação? Nós, homens, sabemos quando tem algo estranho no comportamento de nossas mulheres. Pequenos detalhes que nos deixam alerta...

— Você acha? Acredita? Somos assim tão inteligentes? E por que somos tão inseguros?

— Você é, eu não!

— Você não? Por que não me diz onde ela está? Viajou? Para onde? Como? De quê? Evaristo, Evaristo, você está numa enrascada e não posso ajudar, você não quer. Quem viaja para onde? De quê? Há quantos anos não sobe nenhum avião? Aqui só chega esse trem, pontual, sabe-se lá como. Ele vem, para, espera e parte vazio. Para onde? Para quê?

— Não sei dizer.

— Coisa mais estranha.

A INFÂNCIA SE DESFAZ. EXISTIU?

Querida Izabella, talvez minha última amiga de infância ainda viva. Fiquei surpreso com seu telefonema. Deu mal-estar e deu contentamento. Como localizou meu telefone numa época tão maluca? O número fixo parece tão morto, há quanto tempo não recebo chamadas nele? Até as de telemarketing sumiram.

O estranho de viver muito é que, quando recebemos a notícia de que alguém ligado a nós há tantos anos está vivo ainda – ou morreu –, a noção de tempo se desfaz. Fica uma sensação de vácuo.

Quantas vezes me pergunto se realmente amei Anna, a com dois enes, ou se fantasiei, imaginei, criei. Ela existiu, mas sempre esteve fora de meu alcance, da possibilidade de retribuir o amor. Depois, tudo se dissolveu. Alta, com aquela pose altiva ensinada pela mãe, ansiosa para que as filhas se casassem com grandes homens, ou ao menos homens ricos, eu me assustava, ficava intimidado. Eu me perco no tempo, no espaço. Semana passada, quando soube da morte da Itajara – que todos chamavam de Ita, minha primeira namorada, aos 8 anos –, fiquei perturbado, porque dentro de mim o tempo se estilhaçou. Achava que ela fosse o último elo com minha infância. Parece que vamos perdendo a origem. São pedaços da infância tão distantes que explodem e nos deixam no vácuo. Eles existiram realmente?

Sensação esquisita. Daí a perda da medida do tempo.

POMADA DE ARNICA FUNCIONA

Para as manchas de pele, dona Marinalva, a velha mais velha que conheço – e viva, vivíssima; é uma alegria ver pessoas vivas –, me recomendou, além do Hirudoid, a pomada de arnica.

O QUE ESTÁ ACONTECENDO?

— Evaristo, o que está acontecendo?

— Pergunte ao cu da tua mãe!

— Porra, parece o Desandado!

— É Destemperado! Que merda, nem sabe o que o homem é!

— Qual é, amigo? Está cada dia mais na ponta dos cascos, estoura por qualquer coisa.

— Sabe o que é? Estou de saco cheio de ouvir a mesma pergunta. Saco cheio!

— É que você sabe tudo, viveu muito, está aqui há anos.

— Entendo, mas é de foder a paciência. Ficam aqui na minha frente e dizem: "Evaristo, você, que viveu tanto, explique: o que está acontecendo?"

— Claro, todo mundo quer saber.

— Fique aqui e ouça a mesma coisa, todos os dias, semanas, meses, anos, todo minuto, segundo, hora. Fique aqui e ouça de cada um:

... "O que está acontecendo?"

... "O que está acontecendo?"

... "O que está acontecendo?"

... "O que está acontecendo?"

... "O que está acontecendo?"

... "O que está acontecendo?"

... "O que está acontecendo?"

... "O que está acontecendo?"
... "O que está acontecendo?"
... "O que está acontecendo?"
... "O que está acontecendo?"
... "O que está acontecendo?"
... "O que está acontecendo?"
... "O que está acontecendo?"
... "O que está acontecendo?"
... "O que está acontecendo?"
... "O que está acontecendo?"
... "O que está acontecendo?"
... "O que está acontecendo?"
... "O que está acontecendo?"
... "O que está acontecendo?"
... "O que está acontecendo?"
... "O que está acontecendo?"
... "O que está acontecendo?"
... "O que está acontecendo?"
... "O que está acontecendo?"
... "O que está acontecendo?"
... "O que está acontecendo?"

O BEIJO E O CAMARÃO *ALLA MENTA*

— Posso te contar um segredo? Faz tantos, mas tantos anos que guardo, mas agora é a hora.

— Segredo? Agora?

— Nenhum de nós sabe quem vai morrer primeiro.

— Por que falar em morrer? Que segredo é esse?

— Sabe quando me apaixonei por você?

— Na tarde do bar Longchamp. Tenho certeza, quando nos lambuzamos com a lasanha branca.

— Aquilo foi divertido, nada mais. Me amoleceu um pouco, você parecia ter senso de humor, e isso conta para uma mulher. Mas errou.

— Errei?

— Foi depois daquele beijo que demos ao sair do restaurante Santo Orégano, em Maceió.

— O Santo Orégano? Fomos com um grupo de professores, você tomou uma caipirosca de caju atrás da outra, encostou a perna na minha e o Mario Prata, aquele escritor malandro, tentava te paquerar.

— Lembra o que comi?

— *Gamberoni alla menta* flambados no Cointreau. Depois nos beijamos.

— Ali percebi que você era o homem com quem eu queria viver. Foi o teu beijo. Lento, vagaroso, calmo, nada daqueles chupões ansiosos, não, você demorou, minha língua gostou, rolava devagar, sentia o teu gosto, vi que não chegou ansioso, era como se estivesse me apalpando inteira, gozei naquele momento. Ao longo desse tempo todo você me beijou umas dez vezes como naquela noite. Quando eu pensava que estava tudo acabando, você renovava, sem que eu dissesse, você sentia que estava na hora, chegava, ainda chega. Poucos homens conseguem isso, meu amor, poucos.

SATURADA, ENLOUQUECIDA, PUTA DA VIDA

— Vou ligar a tevê, Neluce, não aguento, faz dois anos que não ouço uma notícia, não sei de nada.

— E o que mudou, meu amor? Tudo continua igual.

— Preciso saber qualquer coisa.

— O filhodaputa do Desatinado, ou Destemperado, como alguns chamam, continua lá, portanto tudo está pior. Não ligue esse aparelho maldito! Não aguento mais seriados com policiais corruptos, políticos sacanas, milícias, traficantes, ladrões, sequestros para o Pix, roubo de motos e assassinatos, balas perdidas, filmes com explosões, guerra, batalhas, Ucrânia, Rússia, racismo, homens matando as ex-mulheres, namoradas, noivas, filhas, pedófilos, ladrões de motos, essa nojeira repulsiva do alerta nacional, acabaram os Stallones, Rambos, justiceiros, protetores, Bruce Willis, Schwarzeneggers, Steven Seagals, Vin Diesels, carros incendiados, corpos estilhaçados, 007 inconcebíveis neste milênio, CPFs cancelados, *ta ta ta ta ta ta ta bambum bum cra cra cra*.

DIÁLOGOS DE ALGUNS FILMES CLÁSSICOS

Diretor da prisão de *Papillon* encerrado em uma solitária:

Você sabe quando enlouquece lentamente ou morre aos poucos e nada há que possa fazer.

(Filme baseado no romance de Henri Charrière,
adaptado pelo gênio Dalton Trumbo,
um dos roteiristas condenados pelo macarthismo.
Atores Steve McQueen e Dustin Hoffman. 1973.)

SENTE AGORA A DIFERENÇA DE IDADE?

— Como esquecer *Il sorpasso*?

— *Il sorpasso*? O que é isso, Evaristo?

— Um filme que no Brasil ganhou o título *Aquele que sabe viver*. Vi e revi por anos e anos, e cada vez mais tenho certeza de que sou o personagem.

— Você é o personagem de todo filme que te deixa maravilhado. Ou então aquele é o filme que você queria fazer. Fala de filmes de que nunca ouvi falar. Olhe o seu tempo, meu amor, e olhe o meu.

— É, Neluce! É isso, percebi. Sente agora a diferença de idade?

— Nunca senti nada.

— Arrependeu-se?

— Você nunca levantou essa questão. Por que agora?

— Não é nada com você, meu amor. É uma comédia amarga sobre a recusa de envelhecer. Mais do que atual hoje em dia.

— De quando é esse filme?

— De 1962. Direção de Dino Risi. O roteiro foi de Risi, Ettore Scola e Ruggero Maccari. Scola e Maccari tinham começado juntos na revista humorística *Marc'Aurelio*, em Roma. Você assistiu a *Que estranho chamar-se Federico,* homenagem a Fellini dirigida por Scola?

— Agora entra o cinéfilo fixado num tempo que acabou. Mas é o teu jeito de ser. Que seja. Gosto quando você me conta essas coisas, parece sessão da Cinemateca, do Museu da Imagem e do Som... Do antigo Cine Bijou, ali na praça Roosevelt. A praça desapareceu debaixo de uma montanha de ferro velho, cemitério de motos e *bikes* e patinetes, amontoados de tal modo que cobriram até a igreja.

— Está me gozando? Sou um velho? É isso?

— Nada disso! Com você vivo coisas que não vivi. Comigo você vive o agora, este momento. É isso o que nos aproxima, nos liga. Não fique encanado. De uns tempos para cá, você começou a me chatear com isso.

— São coisas de minha vida. A memória me chega por conta de momentos que vêm e vão. Aquela gente de cinema era toda da mesma geração. E que geração! Vi *Il sorpasso* em Roma, quando lá cheguei em 1963. Nada sabia de italiano, nada tinha para fazer, vivia nas salas de cinema, e assim fui aprendendo a falar a língua. O filme me fascinou. Quis ser Vittorio Gassman – acho que o personagem dele se chamava Bruno –, mas na verdade eu era o Jean-Louis Trintignant. Tímido, introvertido, espantado e intimidado com o exibicionismo vazio e a arrogância do amigo. Quantas vezes admirei pessoas que, na realidade, eram tolas, vazias, narcisistas, exibicionistas! Ainda ocorre isso, mas nesta idade olho duas, três vezes e depois *me ne vado*... Neluce, *Il sorpasso* é hoje. Arrogância, vacuidade, músculos, narcisismo, recusa da passagem do tempo. Fazer plásticas, manter a forma, ser saudável etc. etc. etc. Quem será que criou o etc.?

O CARACOL SOBE O MURO

O caracol, sempre lento, sobe o muro deixando sua fina esteira de gosma. Está a 23,5 centímetros do solo.

QUEM NÃO EXISTE TEM MEMÓRIA?

Quando aquele grupo – e isso foi muito estranho, um grupo se aglomerando, com bumbos, pandeiros, cantando – passou pela frente de casa, todos entreabriram as janelas. Outro fato insólito, porque aquela época de estar à janela para bater panela, caçarola, frigideira ou o que fosse tinha acontecido há tanto tempo que estava esquecido. Como se chamava aquele sujeito gordinho que tocava pistão, envolvia todo mundo e saíamos em blocos? Sei lá como se chamava. Por que não me lembro? Por que as coisas estão mergulhando cada vez mais na neblina e a bruma em minha mente fica cada vez mais obscura? Obscura ou escura? O que acontece? Só me lembro de coisas distantes, tão distantes que são de uma época em que eu não tinha nascido. Mas somente quem existe tem memória. Se eu ainda não existia, estava carregando a memória de quem?

SONS DO COTIDIANO

O som do bisturi rasgando a carne. O estrondo do caminhão esmagando a cabeça de um atropelado. O *plim-plim*. A voz do médico comunicando "O senhor ou a senhora tem um câncer inoperável". Um alto-falante anunciando "Cinco caixas de morango por 13 reais". "O puro creme do milho." O pastor gritando para que o diabo saia do corpo de um endemoniado. O pastor uivando, exibindo as maquininhas de cartão de crédito e débito e uivando no palco do templo "E o dízimo? E o dízimo? E o dízimo?" A mãe, desesperada, gritando para o filho "Como você ainda não pintou seu lindo livro de colorir? Assim você jamais aprenderá coisa alguma na vida."

Caminhei, virei à direita, caminhei, virei à esquerda, caminhei, retornei, caminhei, segui em frente, voltei ao fundo, virei à esquerda, depois à direita, depois à esquerda, segui em frente, voltei ao fundo, virei à direita, caminhei, virei à esquerda e me esqueci de mim, não sei mais quem sou, nem sequer sei se sou. O que sou? Ainda sou? E você? Me conhece? Pode me salvar? E se não quero me salvar? Clécio, era mesmo eu naquela foto?

DESISTAM DE PROCURAR A FELICIDADE ONDE ELA NÃO ESTÁ

Bom dia, Evaristo.

Sou Sergei Fenereck. Lembra-se? Melhor aluno de Matemática? Resolvia as equações para você nas provas. Seu pai lhe dava boa mesada, você me levava ao cinema; assim me pagava, com os filmes. Você é o mesmo ou mudou depois de herdar uma boa dinheirama do pai, magnata da distribuição de cinema? Encontrei seu endereço e mando esta carta. Nem sei se vai chegar. Não tenho seu e-mail. Nunca mais nos vimos. Decidi procurar todas as pessoas com quem convivi e que foram importantes para mim. Nem imagina o tanto de respostas que tenho. Fulano morreu, beltrana morreu, um está hospitalizado, outro teve AVC, outro ainda teve aneurisma, infarto, diverticulite, câncer, suicidou-se, desapareceu do mapa, está no Acre negociando castanhas, mudou-se para Miami encantado com o seriado *CSI* e a atriz Emily Procter, está preso porque se viu envolvido em negociatas com vacinas. Pessoas estão desaparecendo, e vou perdendo referenciais. Hoje tenho medo toda vez que me sento à mesa para escrever ou telefonar. Nessa Praga Funesta nem sei quantos se foram, sofreram, o que passaram. Nos separamos, ninguém sabe por quê. Nem adianta saber. Fiquei enfiado numa praia aqui da Paraíba, isolado de tudo desde que a pandemia começou. Feliz, infeliz, não sei. Essas coisas a gente às vezes sabe só depois. São Paulo pertenceu a outro tempo, de mais de sessenta anos atrás. Ou teriam sido cem anos? Sim, Mara Lucia e eu ainda estamos juntos, ela está ao meu lado e escreve o que vou dizendo. Sei que estou morrendo, e não me assusta. Difícil respirar, o oxigênio acabou na cidade. Tive a peste, não foi violenta, mas veio pneumonia, me enfraqueci demais, decidi me comunicar com pessoas que perdi. Por que perdemos amigos, pessoas que amamos? Por que nos desligamos, não nos comunicamos, não telefonamos, não nos visitamos sempre? Sente isso? Fica distante de uma pessoa, pensa em ligar, visitar, vai adiando e, quando percebe, é tarde. Eu e você nos desligamos. Por quê?

Você perdeu, como eu, a noção de tempo? Tem também a sensação estranha de que retrocedemos décadas? Outro dia, ouvi no rádio um discurso de Carlos Lacerda. Me assustei. Mara Lucia disse "É *replay*, hoje há *replay* de tudo". *Podcast*? É isso? Mas por que reprisariam um discurso dele? Qual o sentido? Se bem que nada mais tem sentido – o que é curioso e, até certo ponto, interessante.

Me diga, você e Neluce nunca pensaram em possuir um recanto afastado de tudo? Distante? E, vá lá, com internet? Pensem no assunto. Há um mundo de gente fazendo isso, talvez tentando fugir da peste, sabe-se lá. Seria uma bênção que não mereceria ser desperdiçada. Sei que você tem um pedaço de terra em algum lugar, se ainda não foi ocupado por túmulos. Ficar lá, sem voltas desnecessárias à chamada civilização. Um novo sonho. Procura-se tanto a tal de felicidade! Desistam de procurá-la onde sabem (sabemos) que não está. Alguém (que não eu) disse ou escreveu essa frase. Não sei quem, mas uso.

1.380 MOTOCICLETAS RUIDOSAS

Uma hora, mato um desses motociclistas. Passam roncando, de propósito, zoando de mim. Todas as marcas, todas as cores. A Ducati 1098 é a mais linda. Por aqui, o dia inteiro, passam em média 1.380 motos. Contei. De vez em quando, sentado aqui, nenhum cliente, eu anoto. Tenho uma gavetinha cheia de anotações, com dia e hora. Para quê?

IMÓVEL HÁ DOIS DIAS

Lento, o caracol subiu 1 milímetro e parou. Está imóvel há dois dias.

OS ELEFANTES DE ANÍBAL

Gostaria de morrer de repente, na mesa de um bar, tomando cerveja gelada. Ali naquele Recanto Nordestino, no Bixiga, onde íamos depois das estreias teatrais. Tombaria e deixaria cair o livro que estou lendo há meses. Uma grossa biografia de Churchill. A notícia deixaria todos inquietos: "Churchill?!" Poderia ser De Gaulle. Ou o general Patton. Ou ainda Aníbal, de Cartago, e seu exército de elefantes. Esses homens todos eram guerreiros, não o Destemperado que nos governa e que nunca sequer brigou a socos num bar. Dizem que ele é covarde de cagar nas calças. Quem disse? Ah, disseram, disseram. O que importa – dizem – é que disseram.

Se eu morresse daquele jeito, perguntariam: "Desde quando ele se interessou por esse tipo de personagem, de figura política? Por que Churchill?" Ou Obama, Mussolini, Reagan, Getúlio, Assurbanípal. Seria um mistério.

O HOMEM COMPLETO

— Alexandre. Sem o R. É você, não é? Alexandre. Sem o R. Xande, para muitos, principalmente as mulheres que tanto te rodeavam. Sei disso.

— Como? Com a máscara, com a barba branca, ainda me reconheceu? Tinham me dito que você está nessa banca há anos, e passei para te ver.

— Como te esquecer? O homem completo.

— Mais completo do que nunca.

— Mais do que quando te conheci?

— Lembra-se? Boa memória. Ninguém mais tem memória, tem gente que esqueceu o próprio nome. Tenho certeza de que estamos perdendo a memória para não sofrer, esquecer, apagar o que passou, eliminar lembranças.

— Não comigo. Se um dia eliminar lembranças, estarei morto. Serei um saco vazio.

— Então se lembra daquele coquetel?

— Você lia um livro. Todo mundo bebendo, e você com aquele livro. Me dê um minuto, que vou lembrar o livro.

Alexandre foi das pessoas mais singulares que conheci. Estava no canto de uma festa, lendo, enquanto todos se preocupavam em encher os pratos no bufê e cercar os garçons das bebidas. Ler num coquetel?

— Que livro está lendo, por favor?

— Um breve ensaio sobre o racismo oculto no Brasil. Encontrei num sebo.

— Coquetel é lugar para ler?

— Preciso aproveitar qualquer hora, minuto, segundo. Pretendo ler todos os livros do mundo.

— Todos? Para quê?

— Para ser um homem completo.

— O que é um homem completo?

— Para isso estou lendo tudo o que posso, procurando a resposta. Somente um homem completo vai compreender o que se passa.

— E você quer ser esse homem?

— Um dos. Deve haver muitos. Tomara.

AQUELE ROSTO NA PLATEIA DO FESTIVAL

Foi isso. Sei, agora sei. Sei onde tinha visto o rosto de Neluce. Antes, bem antes da tarde naquele clube. Foi na tevê, na transmissão de um festival de música popular brasileira, auditório lotado de jovens, e Sérgio Ricardo, compositor e cantor, emputecido arrebentou o violão com raiva das vaias que não paravam. Foi "Beto bom de bola" contra "Alegria, alegria", "Ponteio", "Domingo no parque", "Roda viva", o tropicalismo chegando, e a plateia se dividindo com furor. Como naquela época, hoje o país continua polarizado. Dividido com ódio, o ódio não começou hoje, vem de trás. Naquele momento, uma câmera deu um *close* em Neluce e havia naquele rosto mil expressões provocadas pelo gesto inaudito. As mesmas expressões que vejo hoje nas pessoas, nas ruas, a todo momento, perplexidade, surpresa, desentendimento. Apaixonei-me por aquele rosto atônito.

OS XIFÓPAGOS

Faz anos que se sabe que o Destemperado e seus filhos univitelinos, unidos por membranas como se fossem irmãos xifópagos, vagam sem rumo, perdidos em algum ponto desta brancura. Abandonaram as ruínas da capital, há muito tempo esvaziada, e saíram em busca daqueles que ainda dizem ser seus apoiadores, os negacionistas espalhados pelo país.

LIVROS DE QUÊ?

Encontrei hoje três antigos livros de atas, de capa preta, enormes, onde tinha anotado quantas vezes preparei o café da manhã. Livros de atas? Jovens devem rir: o que é isso? Para que servem? Hoje guardamos tudo em celulares.

ACRÓPOLE MERGULHADA NO CREPÚSCULO

— Se a gente pudesse, Evaristo, gostaria de voltar a Atenas, subir àquele terraço do Renato, o diplomata amigo, pegar minha taça de *negroni* e me sentar naquelas almofadas macias, olhando, hipnotizada, a Acrópole se transformar à luz do crepúsculo. Ah, como Renato e Antonio preparavam divinamente o *negroni*. Daqueles que nos derrubavam pouco a pouco. Não desviávamos por um segundo o olhar do templo, cuja cor ocre ia esmaecendo. Era gradual e rápido, ficávamos imobilizados a olhar fixamente para não perder nem um segundo. Lembra-se desta palavra, *esmaecendo*? Foi do Antonio, professor de História e Filosofia, para definir a variedade da luz e a transformação dos contornos da construção milenar, cujos traços se dissolviam, colunas pareciam engrossar, a colina mergulhava nas sombras, a Acrópole parecia suspensa no espaço. Podíamos tocá-la com as mãos, e eu chorava, não sei por quê. Não: sei, sim. Mas chorava. Como te amei por ter me levado naquela viagem! Assim você foi me conquistando, Evaristo, até tudo se tornar esta paixão que há anos e anos e sei lá quantos anos, nunca fizemos as contas, não precisávamos. Esta paixão que sinto por você e que nada vai derrubar, nem que essa praga dure cem anos.

TODO MUNDO SE ATIRANDO DOS PRÉDIOS

— E aquele livro, ensaio ou não sei o quê que você queria escrever, meu querido? Falou nisso várias vezes. Começou algum dia?

— Começar, comecei. Mas escrevi? Ora, Neluce, você me conhece.

— Nada, nada? Via que você tomava nota, ditava ao celular...

— Se tomar notas produzisse alguma coisa, teríamos tantas obras que não caberiam na galáxia.

— Isso não te frustra?

— Não fazer o que pensei? Ora essa! Ficar frustrado? Besteira. Infernizar minha vida? Por coisas pensadas e não feitas? Frustrado, fracassado, culpado por não ter dado um telefonema, visitado um amigo, um pai doente, escrito uma carta – sim, sim, um e-mail? Levado um presente, pedido desculpas, fosse o que fosse? Ora, vamos! Os consultórios de terapeutas estariam lotados, as faculdades teriam de formar mil analistas por dia e ainda não dariam conta. A humanidade sente-se culpada de tudo, meu amor. Vive e morre culpada.

— Menos os psicopatas, os loucos de pedra, os genocidas...

— Fosse assim, o mundo seria uma multidão de gente se matando, querendo pular dos prédios, gritando no espaço "Abram o mundo, que quero sair!" Frustrado, eu? Nem penso nisso, meu amor.

— Era tão interessante aquele projeto!

— Qual deles, Neluce? Qual deles?

— Aquele sobre o sentido da vida.

— E você nunca pensou que eu seria a pessoa mais errada do universo para escrever tal livro? Faz anos que não coloco uma palavra junto a outra significando alguma coisa. Talvez você pudesse cuidar disso.

— Eu, meu amor? Logo eu, desatinada como sou?

— Sim. Depois de tantos anos de sessões com o Contardo, você deveria saber tudo.

— Daqueles anos, guardei uma frase dele. Escrevi, li, reli, fiz um quadrinho, qué meu enteado levou embora.

— Aquele enteado... Nunca mais soubemos dele. Complicado o garoto, como o pai. Este eu o odiava pelos anos todos que te agrediu. Mas a frase? Qual era a frase do Contardo?

— Esqueci...

— Esqueceu ou não quer me contar, Neluce?

— Esqueci... Ei, que história é essa, Evaristo, de eu não querer te contar? O que você pensa? O homem morreu, respeite!

PERGUNTE AO MÉDICO SE TIVER DÚVIDAS

Bromidrato de citalopram. Este medicamento é usado para tratar a depressão e, após melhora, para prevenir a recorrência desses sintomas. O bromidrato é usado em tratamento de longo prazo para prevenir a recorrência de novos episódios e também para tratamento de pacientes com transtorno de pânico e transtorno obsessivo compulsivo (TOC).

AS MOTOS BARULHENTAS DOS APPS

As ruas estão em silêncio. De repente, surge o barulho irritante da moto de um entregador de app. Eles aceleram de propósito, com o escapamento aberto, o barulho dói no estômago. Sei que é para assustar. Eles morrem às centenas a cada noite.

Em acidentes, assassinados, alguns se suicidam. Fazem barulho de propósito também para me irritar. Não conseguem. Depois de tantas mortes, de todo mundo morto, nada mais me perturba. Vejam só: quase usei a palavra *exaspera*. De vez em quando, eu dizia alto:

— Exaspera!

E Neluce soltava um grito:

— O que é isso, pelo amor de Deus?! "Exaspera"?

TODAS AS CERTEZAS SÃO HOJE DÚVIDAS

Corria o ano de 1967. Pelo jeito e modo de falar das pessoas, pode ser 1988. Mas, quando ouço as músicas e os comerciais, sei que é 2003. No mesmo momento, porém, Anitta, Beyoncé, Felipe Neto, Justin Bieber me garantem que estamos em 2022. E, se ouço repetidamente "Chega de saudade", com João Gilberto, tenho certeza de que vivemos nos anos da Bossa Nova.

Acontece que esta regressão do tempo deixou tudo esquisito. Nada mais sabemos e, mesmo assim, continuamos a viver, como se nada tivesse acontecido. Só não entendemos como, enquanto vivemos no passado, certas coisas do futuro continuam a funcionar – internet, computadores, algoritmos. Será que a ciência e a tecnologia avançaram tanto, mas tanto, que as técnicas do futuro regressaram intactas? Percebem meu estado?

Não, porque vocês não perceberam nada de nada, que é o que o Destemperado desejava – e conseguiu. As certezas, que já tinham sido colocadas em dúvida não só pelos historiadores, meteorologistas e filósofos, mas também pelo gnomo que nos governou – ou será que ainda nos governa? –, desapareceram de vez. Vivemos um tempo curioso, em que tudo é nada e o nada é colocado em dúvida. É que antes nunca tínhamos vivido esta experiência chocante de as horas voltarem para trás e os dias, em lugar de se transformarem em amanhã, nos conduzirem ao ontem, ao anteontem, ao trasanteontem.

Cérebros desmoronaram, neurônios se atrapalharam, muitos perderam toda a capacidade de funcionar. A cultura regrediu, as ciências deram para trás, os cientistas migraram, pediram refúgio em tantos países! A história lançou-se num abismo, as artes voltaram ao Classicismo, o temor a Deus possuiu a todos.

O tempo tinha regredido tão rápido que nem nos dávamos conta de sua velocidade. A cada dia recuávamos meses, anos, sem perceber que estávamos em marcha à ré. A vida não parecia normal, mas sabíamos disso desde que a pandemia tinha se iniciado. Havíamos perdido a noção de tudo, isolados em nossas casas, fechados em nós mesmos, suportando-nos, buscando maneiras de viver a dois, ou em família, sem nos matarmos ou matarmos uns aos outros, apesar de todos os psiquiatras estarem dando instruções o tempo inteiro do que fazer para não se deprimir, não se suicidar, não matar ninguém, não enlouquecer, não desmoronar, conservar a memória, manter a noção do real. Fico admirado como falávamos a mesma língua, ainda que estranhas palavras, já desaparecidas do cotidiano, voltavam e usávamos. Só que o real está extinto.

Agora pode ser 1975, mas não parece. Seria ditadura militar, e não é nada. É uma sensação de líquido oleoso, e estamos mergulhados nele, lambuzando-nos assim como nos lambuzamos por anos e anos com álcool em gel.

Penso em 2003, quando fizemos, Neluce e eu, uma viagem. Para onde? Ela comprou o vestido azul – não, o azul foi quando nos casamos e estivemos numa pousada no sul de Minas, como se chamava o lugar? Cangalha. Quase desconhecido, mas ao lado da Mata Atlântica, com vista para vales sem fim e para precipícios e montanhas de pedra que nos assustavam, porque a Pedra do Papagaio nos lembrava o Vesúvio. Espera, o Vesúvio foi depois.

Doces lembranças do futuro que não voltarão. Adianta ter nostalgia daquilo que vivemos e ficou submerso não no passado, mas no Depois? Quão duramente e cheios de sonhos e desejos e projetos tínhamos vivido para chegar a este Depois e ver que ele não existia, tudo tinha se invertido, estávamos recuando.

Mas como recuamos? Se está no futuro, ainda vamos viver. No entanto, como explicar que já vivemos, mas que foi lá para a frente e vamos nos encontrar com nós mesmos? Qual é a fantástica tecnologia que eliminou as noções de tempo, do agora, do antes, do depois, do nada? Como chegamos a tal indefinição? Não podemos viver sem entender por que estamos vivendo.

Já imaginei que estávamos em 2034. Depois me disseram que não, devia ser 2022. Ano de eleição, mas esse está apagado de minha memória. Acho mais fácil considerar que é 1968, o ano que não terminou, segundo um célebre escritor visionário.

Muitos se rebelaram, incentivados pelo Destemperado que nos governava, e promoveram baladas, aglomeraram-se, juntaram-se nas praias em bailes funk, amontoaram-se nas ruas diante dos bares, iam aos cultos para pedir a proteção de Deus, clamavam irritados a prefeitos, governadores, juízes, que tentaram obrigar a reclusão para evitar a morte.

DIÁLOGOS ROTINEIROS

— Como vai?

— Vou.

— E a patroa?

— Se foi.

— Perdão, não soube.

— Nem eu. Me avisaram, não consegui encontrar o corpo. Também, olhe só, não senti nada. Nada, nada. Nenhuma dor, tristeza, nada. Nos acostumamos a saber que vamos morrer, os que estão conosco também vão morrer e, assim, quando morrem, fica um vazio esquisito. Nada mais do que isso, um buracão dentro da gente. O que está acontecendo? O quê?

NUNCA, NADA, UM E-MAIL, UM WHATSAPP

— O que me espantou, meu querido, foi que nestes anos todos, nunca, mas nunca, te vi mandando uma carta, um e-mail, telefonando, mandando um WhatsApp, uma porra de um fax, sei lá o que, nunca, nunca.

— Nunca mandei o quê?

— Uma palavra para seus filhos.

— Meus filhos? Por que isso agora? Acaso eles me procuraram um dia?

— Não sei, com você nunca se sabe. Onde eles estão? Vivos? Mortos? Vocês brigaram, se odeiam? Eu nunca soube nada, nada, nada.

— E acaso, meu amor, eu soube?

A LONGA NOITE DAS MÁSCARAS

Mas a morte tinha sido decidida. As milícias, que odiavam *lockdown*, passaram a ameaçar de morte tudo e todos. As redes sociais ferviam, espumando. O Destemperado, de seu palácio num templo (em ruínas depois que os dízimos sumiram, não havia quem os pagasse), ordenava aos que o seguiam arrancar as máscaras e atirá-las ao sabor dos ventos. Proclamava que não havia praga, peste, pandemia, tudo isso tinha acabado, agora o que havia era vida, o fim do *lockdown*, alegria, suplício, martírio, dores. Ao fundo do vídeo que a emissora de tevê oficial reproduzia dia e noite, sem cessar, para os poucos que restavam no país, ouvia-se a voz de Vicente Celestino, que nenhum jovem conhecia, de quem os maduros se recordavam vagamente e do qual os idosos tinham a lembrança de que talvez houvesse morrido num desastre na Via Dutra (ou teria sido outro?).

Folhas ao vento
Já que o destino assim nos transformou.

O Destemperado ou Desatinado comandava. Peremptoriamente:

— Máscaras ao vento! Já não precisamos delas! Soltem as máscaras! Libertem-se! A vida de cada um pertence a cada um. Cada um decide sobre suas vidas, seus gestos, sua liberdade, seus direitos, sua autonomia.

Vicente Celestino cantava. As máscaras eram arrancadas e atiradas ao ar. Ou se desgrudavam e saíam voando. Foram dias e dias a contemplar aquela revoada não de pardais, rolinhas, andorinhas, periquitos, papagaios, pombas, tucanos, garças, tico-ticos, mas de milhões de máscaras de todas as cores, formatos, tipos, que formavam uma nuvem a cobrir o Sol. E o dia virou noite, e a noite escureceu mais ainda, e o Sol voltou imerso na escuridão criada pelas máscaras, que se enroscavam umas nas outras e seguiam sabe-se lá para onde. Essa treva durou dez dias, mas as pessoas já estavam acostumadas a viver na penumbra, as luzes tinham se apagado uma a uma, os que possuíam painéis de energia solar ainda conseguiam ligar um abajur fraco, fazer funcionar uma geladeira quase vazia, aquecer um delivery no micro-ondas.

As pessoas também morriam, e ninguém se importava. Morrer era ato banal, parte do cotidiano. Você estava caminhando, o Desatinado vociferava, e alguém caía ao lado. Os passantes se desviavam, e caía outro aqui, ali, lá. Caíam e eram empurrados para as sarjetas, empurrados com os pés mesmo, como se fossem lixo, casca de banana, bosta de cachorro, cada um dizendo "Caguei, não tenho nada com isso". Fiquei enlouquecido, sem saber o que fazer, sem sequer conseguir chorar. E assim morriam, morriam. Primeiro às dezenas, depois às centenas, então aos milhares, até atingirem os milhões. O Desatinado mandava trabalhar, por causa do PIB, do Pix, do mercado, da Bolsa, da economia, da inflação, da deflação, dos juros, da Selic, da concentração de capital, das *joint ventures*, das opções de renda fixa e variável, das fusões e *equities*, dos investimentos em geral, da regra de ouro, das *startups,* e foda-se o *lockdown*. As cidades e o campo começaram a esvaziar, ficando cada vez mais desertos. O homem dizia, repetia, esquecia e rezava de novo a mesma ladainha, devia postar e postar o mesmo vídeo, era como os antigos discos riscados que insistiam na mesma frase musical. Mas isto é muito remoto, nenhum jovem saberá o que significa disco riscado. As pessoas abandonavam as casas, e muitos seguiam para outros estados – acho que já disse isso, mas repetir as coisas é fundamental –, para o oceano, para a montanha, para o estrangeiro. Será que repetir é uma doença destes tempos?

Mas as fronteiras estavam fechadas.

Havia muitos anos, todos as nações tinham proibido completamente o ingresso de brasileiros, por causa da Funesta. Achavam que nós – e já éramos tão poucos a essa altura – estávamos contaminados. Bastava olhar para um brasileiro para estar condenado à morte. De modo que eles vagavam pelos oceanos, à deriva, sem portos para atracar, em navios fretados, traineiras, catamarãs, jangadas, balsas, todo tipo de embarcação, como já tinha ocorrido no início do século XXI, quando refugiados do mundo inteiro iam em busca de um lar na Europa e eram ou rechaçados ou cercados de arame farpado. Isso tantos anos desde o início da pandemia, ainda não debelada, porque havia a fase 1, a 2, a 3, a 20, e a nova cepa, depois a nova da nova, então a nova que renovava, se recriava, aí a nova que inovava e a que ninguém sabia como era transmitida, e os laboratórios do universo não pesquisavam mais, e as empresas já não produziam alimentos, apenas vacinas – milhões, bilhões, tantas que deixou de haver insumos. Cientistas atônitos se matavam nos laboratórios, UTIs desovavam cadáveres ou se livravam dos moribundos, porque não havia mais nada que os salvasse.

E pensar que Deus estava acima de tudo e não dizia o que queria de nós.

— Dona Ataneide! Há quanto tempo! Pegou a Funesta?

— Que nada, Itamar, fugi para o interior, teve uma cidade com um nome cheio de A em que poucos morreram, fiquei lá.

— Que cidade será?

— Dizem que o sol mora lá.

— Estou preocupado com o Evaristo. Sumiu. Faz dias e dias que não o vejo.

— Pois eu passo ali pelo prédio dele e ouço ele dar gritos com Neluce. Ou então, parece carinhoso.

— Com Neluce? Mas...

— Sei o que quer dizer, já toquei no assunto, ele se irrita, fica raivoso, ameaça até matar.

— Matar? É a última coisa que a gente espera de Evaristo.

— Não nestes tempos, Itamar, não nestes tempos, anda todo mundo esquisito, deprimido.

TIRAR A MORTA DO PENSAMENTO

Neluce me olha, quer me dizer alguma coisa. Conheço esse olhar.

— O que é, minha querida?

— Estou pensando.

— Vejo que está.

— Pensei o seguinte Evaristo, por alguns meses conseguimos nos conter, não brigamos.

— Não foi um acordo para nos suportarmos?

— Mas não dá para viver sem uma briga. Uma briguinha. Onde vamos desabafar? Um no outro. Ou vamos sair pelas ruas, como está todo mundo fazendo, se atropelando, insultando, xingando?

— Quer que inventemos uma briga?

— Sim, de vez em quando precisamos investir um contra o outro para descarregar.

— Briguemos então.

— Comece você.

— Não, você.

— Por que não me diz a verdade sobre essa Anna Candida, com dois enes?

— Não me venha com essa de novo!? Isso morreu. Tem quase quarenta anos, ela também morreu.

— Mas ficou na sua cabeça, volta de tempos em tempos.

— Morreu, Neluce. Foi antes, muito antes, eu diria que um século antes de nos conhecermos.

— Não morreu.

— Como posso provar? Quer entrar na minha cabeça?

— Quero que você esqueça.

— Então abra minha cabeça. Tire tudo de lá, o cérebro, os neurônios, os pensamentos, você é um saco, há quantos anos repete isso? Ciúmes de uma pessoa morta há décadas. Que inferno.

— Inferno é viver com essa dúvida.

— Então, enfia essa dúvida... Vou para minha banca.

— Vai, vai ver a menina que te mostrou os seios refeitos? Vai! Nem volte, não estarei aqui...

— Isso, suma, suma de uma vez, caceta!

Caem na gargalhada.

— Estamos tão mal que nem sabemos mais brigar.

DESTEMPERADO DESAPARECE NA LATRINA

Há semanas governistas estão em pânico, o Destemperado foi a um banheiro público para evacuar, depois de sete meses com obstrução do colorretal. Ele demorou mais do que o normal, os seguranças arrombaram a porta, e não havia ninguém. Então perceberam que, por algum fenômeno da física, ele tinha sido sugado pela pressão dos canais subterrâneos até chegar à Grande Rede Nacional, que atravessa o país de norte a sul, de leste a oeste. De maneira que se determinou que sejam abertos todos os canos, por quanto tempo for necessário, para que se descubra o político também conhecido como Destemperado.

ENVOLTA NAS RENDAS DE BURANO

Burano, meu bem. Foi o mais belo passeio de minha vida, e como te amei por ter me levado lá! Eu sonhava com Veneza, mas você riu e disse:

— Você ainda não conhece Burano. É para lá que vamos.

E fomos. Descemos em Veneza, e eu queria ficar, ver os canais, as ruelas escondidas. Eu tinha visto *Morte em Veneza* oito vezes. Vi Dirk Bogarde demente, apaixonado, frustrado, desconjuntado. Era um homem perdido, apaixonado, sem rumo, como você me parece hoje, Evaristo.

— Vamos ficar em Veneza – eu dizia.

Você nem me ouviu. Quando percebi, estava no *vaporetto* e me deslumbrei ao entrarmos naquela cidadezinha de casas coloridas. Queria ficar morando lá. Naqueles anos, você fazia tudo o que eu queria. Tinha acabado de produzir dez daquelas historinhas para pegar incauto, que saíam na internet, com início sensacionalista, e as pessoas seguiam, tudo entremeado com publicidade. Você era o rei do fazer suspense, segurar um olhar por mais de vinte segmentos, e estava sendo disputado. Eu me divertia ao seu lado fazendo aqueles textos malucos, inverossímeis, e, quando chegava ao final, eu estava acreditando que era verdade. Ninguém tinha sua gana – seu toque particular, diziam. Com aquele dinheiro, fomos porque eu queria ir a Veneza, até que descobri Burano. Acho mesmo que sou muito mais de pequenas e médias cidades encantadas do que de Paris, Nova York, Dubai, Miami, esses clássicos clichês. Caminhar por Óbidos, Pirenópolis, Spoleto, Punta del Diablo, Colônia, Areia, Woodstock (Nova Inglaterra), Bruges, Bad Homburg, Santorini.

Aprendi ainda a gostar do que você chama "momentos das cidades", agora não importando se grandes ou pequenas. Segmentos especiais cheios de fantasia, uma loja, uma sorveteria, um bistrô, uma pequena livraria de 100 anos, um bar de trans liberados. Ou dormir num apartamentinho excepcional, aconchegante, como aquele do casal Marilda-Zezé na rue d'Assas, em Paris. Ficava a poucos metros da rue de Fleurus, a mesma onde morou Gertrude Stein, que era mito da geração americana dos anos 1920 e foi vivida por Kathy Bates em *Meia-noite em Paris*, de Woody Allen. O diretor, que já não precisava fazer filmes, mostrou ali a mente de quem vive num tempo, mas pertence a outro. Quando assistimos, você ficou puto com Allen, porque você sonhava com um filme e ele fazia. Não era sua a ideia de um filme em que entrava na tela e convivia com os personagens? Ou em que alguém saía da tela e ficava perdido na vida real? Era isso o que você queria; a imaginação se misturando ao real, a realidade desmontada pela fantasia, a perda dos sentidos e da razão, o desaparecimento das barreiras de tempo, os limites rompidos.

Enfim, fomos para Burano. Andamos, e como andamos! Circulamos pelas *calli* e pelos canais, olhando cada *trattoria*, padaria e loja de artesanato, e paramos diante daquela rendeira que estava recolhendo seu tear no fim do dia. Ela nos abriu os mostruários das rendas, feitas em *punto in aria*, como nos disse. Você, Evaristo, ia apanhando as rendas e me cobrindo, me envolvendo, fazendo de mim uma escultura, e desapareci – ficou aquela mulher de renda, à luz crepuscular tingida pelo reflexo das cores das casas. Eu não era eu, era outra, alguém que eu gostaria de ser, e desejei que você comprasse todas as rendas, todas as que havia em Burano, para nunca mais haver outra igual a mim. Queria que aquelas rendas se transformassem em minha pele. Eu ria e girava como um manequim de plástico numa vitrine. O mundo me olhava, e você me trouxe uma bebida vermelha, amarga. E, quando a rendeira me desembrulhou, soube que você tinha comprado todas aquelas rendas – todas.

— Ficou louco, amor?!

— Fiquei, porque você é a pessoa mais linda do mundo. Gastei nestas rendas todo o dinheiro trazido para a viagem. Burano é a vida, Neluce. Aqui devemos viver, morrer, ficar para sempre.

— E agora?

— Agora vamos comer o risoto de gó. Não se sai de Burano sem experimentá-lo.

— Comer como? Sem dinheiro?

— Não! Sou um louco equilibrado, racional. Por isso pouca gente me entende. Você me entendeu a vida inteira, sem me entender. A maioria, meu amor, vive cobrando o tempo inteiro, pedindo justificativas, o que destrói uma relação.

— Está bem, está bem. Te conheço, é bom de fala. Mas e o dinheiro para o risoto?

— Porque eu também me conheço, separei um tanto e escondi de mim mesmo.

— Mas, se te conheço, você esqueceu onde escondeu. Tua cabeça é um redemoinho.

— Sei onde escondi, porque escrevi num papel e enfiei na tua bolsa. Pode procurar aí: num cantinho, vai achar uma anotação.

— Mexendo na minha bolsa...?

— Abri, não olhei nada, jamais fiz isso. Enfiei o papel num canto. Pelo que vi, você nem reparou.

— Nunca olhou, mas desconfiou do Contardo, um homem tão correto... Espere... Sim, aqui está o papel, o lugar... Como eu ia imaginar que ali havia dinheiro? Essa você ganhou, mas que porra é esse gó?

— É um peixe de laguna, comprido, feio – aliás, horroroso –, mas fazem com ele um caldo, um *brodo*, e com isso preparam um risoto divino.

— Divino? Nunca ouvi você usar essa palavra, não é do seu temperamento. É até engraçado: quase desmunhecou. Como sabe dessas coisas? Já veio aqui?

— Não, li num desses milhares de livros de gastronomia, na maioria escritos por gente de cuca boa. O mundo virou culinária e viaja não para ver pirâmide, ponte, museu, palácio, mas para comer.

Caminhamos, até descobrir a Trattoria al Gatto Nero. E, na manhã seguinte, eu disse:

— Vamos lá outra vez comer aquele risoto.

E, no outro dia, falei:

— Vamos lá comer aquele risoto.

E no quarto dia não fomos, porque você me disse:

— Neluce, o dinheiro separado acabou.

Mas eu estava feliz. A cada dia saía com aquelas rendas me envolvendo, como se fossem *pashminas*. Eu tinha as mais belas *pashminas* do mundo, e as pessoas me olhavam e me saudavam. Eu estava em Burano, e naquele momento eu te disse:

— Evaristo, valeu ter me casado com você. Tinha dúvidas, medo, achava uma aventura. Você me deixava insegura, às vezes, tinha certeza de que mentia, outras, via que estava apaixonado. Uma doideira, mas você me deu momentos incríveis. Prometa: se um dia eu morrer, você me traga aqui, me sepulte aqui. Não sei se isso é possível, mas prometa. Quero estar aqui.

— Você está louca, Neluce. Louca de tudo! Nunca vai morrer. Pela lei natural, vou morrer primeiro, e acho que é você quem vai me trazer para cá.

DEPOIS DE TANTA INÉRCIA, ACONTECEU

— Verdade que aconteceu?

— Verdade. Aconteceu. Ninguém mais pergunta o que está acontecendo. Agora, sabemos. Aconteceu.

— Quando? Como? Foi de uma hora para outra?

— Depois de tanta inércia, tudo parado, todos esperando, aconteceu. Está aí. Sente?

— Dá para sentir que já aconteceu? E nem percebemos.

— Melhor assim. Finalmente aconteceu.

VIVEMOS DENTRO DE UM VIDEOGAME

— Aqui estou, Evaristo, vim te mostrar meus seios novos.

— Agora? Tinha me esquecido. Faz quanto tempo?

— Sei lá.

— Ficaram bons?

— Vou te mostrar.

— Não quero, só me diga, ficaram lindos?

— Durinhos, não quer ver?

— Mostre a alguém que você ama.

— Não amo ninguém.

— Como é possível?

— Porque há muito, Evaristo, não vivemos o mundo real, não sabia disso? Sabe por que é estranho tudo que acontece?

— Por quê?

— Estamos aprisionados dentro de um videogame, só isso. Estamos sendo acionados por um controle nas mãos de um jovem maluquete, de um doente mental, de um tirano impiedoso, sem compaixão, de um robô descontrolado, de um bebê que nasceu sem neurônios.

MESMO SEM SENTIDO, IMPORTA VIVER

Você me pediu:

— Posso usar aquele pedaço de lava que trouxe da Nicarágua?

— Pode. Para quê?

— Como saboneteira.

— Saboneteira?

— É uma linda pedra vermelha quase em forma de concha. Se a gente usar esses sabonetinhos que trouxemos de tantos hotéis, cabem direitinho e fica lindo nosso banheiro.

— Gostei da ideia.

— A lava da Nicarágua você é que trouxe?

— Sim. Estive lá uma vez no aniversário da Revolução Sandinista, não lembro o ano, segundo ou sexto aniversário, conheci o poeta Cardenal, o livro autografado está ali, Sergio Ramirez, amizade que perdi, Daniel Ortega, jovem guerrilheiro, dizem que ele foi um dos que derrubaram a estátua de ferro do Somoza, o ditador. Hoje ditador, se não morreu de Covid. Casado com a poeta Rosario Murillo, que o Fernando disse que era lindíssima naquela época. A revolução fracassou. Uma revolução que fracassou não aconteceu, foi inútil, só matou gente, muita gente?

Ela me olha de um jeito que sei. Fui pego. Quer dizer quantas das suas histórias de vida você viveu, quantas leu, quantas te contaram? Isto é lindo em Neluce, impossível enganá-la. Acabou sendo um joguinho entre nós, por um instante sou o herói, no momento seguinte vem a pergunta:

— É mesmo?

— A verdade é que foi um escritor que conheci no passado, o Fernando de Morais, que me trouxe esse pedaço de lava, ele sabia que eu colecionava pedras. Ele me contou dos sandinistas, uma epopeia, ele foi amigo do Sergio Ramírez, escritor e poeta que vive no exílio hoje, tenho livros dele aí pelas estantes.

— Em quais estantes, amor? Nas daqui de casa? Nas que estão espalhadas por esses prédios decadentes e abandonados que você ocupou?

— Por aí.

— Sabe de uma coisa? Viver com você jamais foi monótono!

— Mesmo? Que alívio! Sempre achei que era uma chatice para você.

— Cada lugar desta casa e dos anexos, veja que lindo, anexos, tudo nosso, nada nosso, cada lugar está cheio de histórias, lembranças, coisas que você viveu, coisas que inventou, coisas que gostaria de ter vivido, coisas que vivemos juntos, mas a esta altura, confinados entre paredes, nem sei mais o que é nosso, o que é teu, o que é meu.

— Importa saber?

— Importa estar vivo, mesmo sem sentido.

— E o que faz sentido hoje?

MONTANHAS DÃO ESPAÇO AOS TÚMULOS

Com uma tarjeta de identificação, os corpos eram atirados no meio-fio. Ficavam ali à espera do transporte que os levaria para a periferia, onde seriam então amontoados em pilhas, aguardando o momento em que se abririam covas em alguma parte do país.

Treminhões com carrocerias de 70 metros – que só trafegavam em retas, porque não conseguiam virar nas esquinas – percorriam as ruas e apanhavam esses corpos. Nisso, os carregadores arrancavam aquelas tarjetas e as enfiavam em sacos à parte. Depois os motoristas ligavam o GPS em busca de sepulturas.

O primeiro mandatário anunciava todos os dias:

— Estamos em primeiro lugar no combate à pandemônia, quase não há mais mortos.

Os sacos com as tarjetas eram levados pelos Correios e amontoados sem classificação, de modo que, ao fim de três, quatro, cinco meses, a pilha era tão gigantesca que ficava impossível saber onde tinham sido sepultados os pais, tios, irmãs, avós, primos, cunhados, sogros, ex-maridos, filhos, ex-esposas, amigos, afetos, rivais, adversários, inimigos.

Fazia muito tempo que ninguém procurava saber onde estavam seus mortos. Os cerrados, o Amazonas, a Mata Atlântica foram transformados em fogueiras para se tornarem terra arrasada e nelas serem abertas covas. Para quê? Sepultar. Os espaços estavam sendo cada vez mais exíguos, a tal ponto que Minas Gerais, célebre por suas montanhas, tinha se transformado em platô de ponta a ponta, para facilitar a abertura de covas. Todos os governantes estaduais ainda existentes mandavam derrubar morros, colinas, montanhas de médio porte, abrindo campas rasas e ali atirando 2 ou 3 mil, 5 ou 6 mil, o que coubesse. Corpos de mesma cor ou diferente, negros, amarelos, pardos, índios, brancos, de todos os sexos, sem importar a religião, a ideologia, o partido. Correu pelas redes que muitos terrenos em que as vítimas da Funesta foram enterradas vivas tornavam-se areias movediças em imensas extensões, movimentando-se com os corpos dos que tentavam sair debaixo da terra, ansiosos por viver. Movimentava-se a terra com o desespero dos que tinham sido ali jogados, enquanto tratores atiravam terra e mais terra, formando colinas ondulantes.

Dizia o Destemperado, que ainda não foi encontrado:

— Não quero ser coveiro, não quero carregar esses mortos nas costas. Cada um cuide dos seus.

E o Brasil se tornou um cemitério de desconhecidos, porque os vivos estavam preocupados em não morrer, em se salvar, sem que soubessem como.

Viver? Adianta reclamar?

VIVER NA MONTANHA-RUSSA

— Coerência, Neluce? Você quer que eu seja coerente?

— Claro! Como viver com uma pessoa como você, que diz uma coisa agora, outra daqui a cinco horas, outra oposta amanhã, e volta a dizer o mesmo no sábado?

— Coerência neste país?

— Nesta vida, meu querido. Para não viver na montanha--russa em que vivo. Você é a pessoa mais doce do mundo, mas também a mais odiosa. Nem sei como ainda não me agrediu.

— Acha que eu seria capaz? Algum dia levantei a mão? E montanha-russa? E eu que vivo num trem-fantasma, para lá e para cá?

O CARACOL SOBE O MURO

Deixando sua trilha gosmenta, o caracol sobe o muro muito devagar, mais lento que o tempo. Ele está a 17 centímetros do solo.

AINDA EXISTEM LARANJAS

— Trouxe um suco para você, Evaristo. Fresquinho.

— Suco...? Tinha mesmo ouvido o barulho na cozinha, mas onde você conseguiu laranja?

— Um desses motoqueiros amigos seus. Passou aqui bem cedo, deixou quatro laranjas, eram de um delivery qualquer, ninguém tinha atendido para receber a entrega.

— De onde podem ter vindo essas laranjas? Onde ainda existe laranjal? Se souberem, vão lá requisitar o terreno para abrir covas.

— Não sei, não perguntei. Faz tempo que perguntar não adianta.

— Evaristo, sabe com o que sonho? Com aquele sanduíche de javali que comemos em Capalbio.

— E aquela *grappa* amarelada delicada e forte. Como obter a mesma cor de mel?

— Descobrimos a cidadezinha no alto da montanha por um acaso. Erramos uma estrada e, quando vimos, ficamos ali a manhã inteira.

— A Toscana. Quisemos nos mudar para lá, comprar casa.

— Era possível sonhar, mesmo que a gente soubesse que nunca ia realizar. Você com seus *freelances*, eu com uma padaria orgânica que funcionou bem durante meses. No momento em que seu documentário explodiu na tevê e nas telas, achamos que íamos ter muito dinheiro, fazer o que a gente queria. Depois o *lockdown*, e em alguns anos nos vimos no passado. Mas será que era dinheiro? Tivemos, gastamos, nos divertimos, Evaristo.

— Jamais esqueço sua alegria quando fomos àquele cinema na Piazza Barberini, em Roma, para a exibição de aniversário de *O Leopardo*, de Visconti. Quem do elenco ainda vivia estava lá.

— E para você, que adora cinema, eles tinham a mesma idade de quando o filme foi lançado. Estavam velhos, mas você se emocionou a ponto de chorar. Me apertou a mão com tanta força que gritei quando, na cena da grande valsa, Burt Lancaster dança com Claudia Cardinale. Você me disse: "Daria trinta anos de minha vida para ter feito essa cena com ela. Apenas eu teria trocado Verdi pela *Segunda valsa* de Shostakovich." Essa sua frase nunca me saiu da cabeça. Fiquei pensando em quem você é e quem você teria sonhado ser, meu amor.

— O passado era nostalgia. Cultivávamos a nostalgia, as saudades, imaginávamos que o que havia passado é que tinha sido bom. Agora, olha só a vida: o passado é o presente, a nostalgia é o futuro, temos de chegar lá.

— Voltar para lá, é o que você quer dizer!

— Já percebeu o tanto que repetimos isso? Virou obsessão, loucura?

— Ou esperança...

— Tem palavra mais odiosa que essa? Esperar o quê? O que fizemos para ter esperança? Você, eu, todo mundo neste país, as coisas foram acontecendo, acontecendo, e deixamos acontecer. Cagamos para tudo, "Isso nunca vai acontecer", dizíamos, "nunca..." O nunca passou a existir, meu amor. A Terra do Nunca é esta...

Embora assustador,
olhar o medo de frente
ajuda a pensar em alternativas.

Andréa Pachá

COMO RESGATAR A MEMÓRIA DO FUTURO?

Faz tantos anos que posso me confundir. Como sempre digo, ficou tudo no futuro, de maneira que – agora quem diz são os neurocientistas – a memória dos anos que estão décadas à nossa frente confunde e desorganiza o cérebro, mistura as lembranças. Nosso cérebro, desenvolvido após milhões de anos para conservar e manter a memória do que passou, não tem ainda condições de nos trazer organizada a lembrança do que aconteceu lá na frente depois que começamos a retroceder.

Neste período – a chamada Retração Total, sob a hegemonia do Destemperado e de seus filhos, sem nomes, conhecidos apenas pelas letras –, fomos recuando apesar de todas as manifestações, gritos, reprovações, críticas, advertências, violências (reprimidas), convenções, protestos, gritos, lamúrias, abaixo-assinados pelas redes sociais.

Nunca antes houve o registro de um tempo como este, que recuou, embaralhou fatos históricos, desorientou mentes, fazendo as pessoas perderem a rota. Alguns dizem que está vindo o odioso tempo do Confisco Financeiro, aquele que levou muita gente ao suicídio. Outros afirmam que estamos no período das Diretas Já. Existe ainda a hipótese de estarmos vivendo a transição para a democracia. Há até quem reconheça – e são insignes historiadores – que em breve vamos comemorar o primeiro centenário da Independência.

LINGUIÇA E GINJINHA EM ÓBIDOS

Estávamos em Portugal, Neluce, a caminho da Bairrada, quando decidimos parar em Óbidos, pequena vila histórica encravada em uma montanha. Não era época de turismo, a cidade estava deserta, algumas lojinhas e barzinhos esperando um eventual turista, quando vimos aquele letreiro e eu disse: "Vamos tomar ginjinha". O bar tinha um estranho nome, guardei o cartão, Ibn Errik Rex, o salão na penumbra, parecia uma sala de castelo de filmes históricos. Logo surgiu o funcionário e pedimos a linguicinha que era assada em uma espécie de canoinha de cerâmica, o fogo alimentado por álcool, e um prato de quadradinhos de queijos. Nos deixamos ficar, renovando a ginja doce, a linguiça, sem nos importarmos com o tempo. Por que não compramos uma daquelas canoas de cerâmica para usarmos em nosso terraço, nos finais de tarde, ainda que sem ginjinha? Nem sei onde se compra aqui. Pensamos e nunca mais voltamos, programamos e não fomos mais lá. Por que a gente não faz certos gestos, viagens, não liga para amigos, escreve, procura, tenta contato? Quando ligamos, eles já morreram.

O ELEVADOR DISPAROU RÁPIDO

A porta abriu, Monica entrou, o elevador fechou e disparou, veloz, solto naquele buraco, preso a nada, e Monica nem gritou, não percebeu, até tudo explodir no fundo. Ela foi encontrada no dia seguinte, atravessada por ferros, morta aos 15 anos, a nossa filha, a filha que ganhei de Neluce, para substituir meus filhos, perdidos lá atrás, nos meus 24 anos, de meu primeiro casamento, levados para Dublin por minha ex e seu novo marido que, se não morreram com a Funesta, estão em alguma casa de Dunbarton, a cidade da Escócia onde engarrafam maravilhosos uísques.

ITAMAR ENTROU SEM SER CONVIDADO, DEIXEI

— O que há?

— Isso é o que eu quero saber.

— Saber o que há entre você e Neluce. Cadê ela?

— Dorme, já te disse mil vezes.

— E não acreditei em nenhuma.

— Então me diga você, que sabe, o que há. Vamos!

— Neluce morreu, Evaristo. Morreu há meses.

— Morreu? Como sabe, quem te contou?

— Ninguém some assim. Te vejo na banca a falar com ela, e não vejo ninguém.

— Falo sozinho?

— Fala com alguém dentro de sua cabeça. Onde você escondeu sua mulher? Enterrou?

— Está ali no quarto.

— Então, vamos lá!

— Ninguém entra ali para perturbar Neluce.

— Pois vou entrar.

— Te mato.

— Não mata nada, você não é de matar. Será que enlouqueceu? Não é de admirar, todos nós perdemos a cabeça.

Itamar foi em direção ao quarto, Evaristo tentou segurá-lo, o amigo era mais forte, mais novo, estava determinado, empurrou Evaristo, abriu a porta, correu para a janela, abriu tudo, o sol entrou.

— Onde ela está?

— Estava aí.

— Cadê? Eu sabia que tinha algo estranho.

— Levei. Faz meses que a levei.

— Para onde?

Para lá do Portal, para o Desolado Branco, eu a sepultei sozinho, para que ninguém a encontrasse.

— Por quê?

— Por quê?

FOTOGRAFADO O SILÊNCIO DA AFLIÇÃO

O homem deu um salto, me assustei, vi que era Clécio com sua câmera. Sorria.

— Consegui, Evaristo, consegui. Foi a foto mais difícil de todos os tempos, mas consegui.

— Fotografou o quê?

— O silêncio. Está aqui nesta câmera, três fotos do silêncio. Foi o máximo que deu. Tive sorte, passei pelo Portal, e então se abateu sobre o mundo aquele silêncio da aflição. Um dos mais cruéis, doloridos. Senti que era ele. Nunca foi fotografado porque as pessoas ficam muito mal quando esse silêncio se materializa sobre o mundo. Eu sabia que há um momento em que todos os ruídos desaparecem e fica um. Somente ele, chamado o da aflição, imobilizante. Quando senti, preparei a câmera, foi necessária uma força impressionante, meus braços pesavam muito, mas muito, meus dedos estavam entorpecidos pelo padecimento. Era uma espécie de náusea, um aperto no coração, a carga da vida inteira. Nada se ouvia. Foi, tenho certeza, uma fração mínima de tempo, quase nada, dessas medidas de Física, velocíssimas, e nesse quase nada apertei o disparador três vezes, e minha mão ficou tão cansada, tão desamparada, frágil, que tive a sensação delas terem despregado de meu corpo. Não sei quanto tempo fiquei naquela posição, mas tenho certeza de que as três fotos estão dentro desta camerazinha, e a revelação delas pode mudar o mundo.

— Mudar em que, Clécio?

— O mais difícil consegui. Agora vem outra batalha, que o mundo nos dias de hoje está cheio delas. Saber para que servirão estas fotos do silêncio. Como elas podem mudar a humanidade.

— Você quer mudar a humanidade? Pretensão e água-benta.

— Não me importa que você acredite ou não, que ninguém acredite. Um dia se saberá.

— Tem certeza?

— Só os imbecis têm certeza. Certeza. Existe? Ela não passa da soma de nossas incertezas, Evaristo.

— Palavras ocas, nada mais. Por que te ouço?

RECORDAÇÕES DOS CAMPOS DOS MORTOS

— Também vi. Assim como você, vi as filas de caminhões levando as mudanças... Todo mundo indo embora. Durante meses passaram por aqui, naquela pista do lado de lá. Para onde fugiam? Ou imaginavam fugir e acabaram mortos?

— Todo mundo que podia.

— Quem podia e não podia, meu jovem.

— Que isso, Evaristo? Meu jovem?

— É como trato todo mundo. Por aqui passam o dia inteiro esses motoqueiros, tudo meninada. Estou acostumado.

— Meu jovem? Tenho a mesma idade que você! Tua cabeça começa a fundir?

— Pois é, Saffioti, de vez em quando me dá um branco.

— De novo isso? Vou te dizer que é um puta branco: não sou o Saffioti. Sou o Itamar!

— Sim, sim. Saffioti era o do livro de Química do colégio. Itamar... Marido da Heleninha. Deliciosa mulher, me permita dizer! Como vai?

— Como vai quem?

— Heleninha, ora! De quem estamos falando?

— Como vai a Heleninha?! Você está mal mesmo! Ficou doidão? Ela morreu. Mês e meio depois da Neluce. Você me ajudou a levar o corpo para a sepultura. Só não sei para onde você levou sua mulher.

— Levei? Neluce está em casa, dorme. Por que você diz que ela morreu?

— Porque eu estava lá, ao seu lado. Você completamente baratinado, zonzo, tive medo de que sofresse um infarto ali mesmo. Te ajudei a embrulhar Neluce em panos e mais panos. Mania sua. Depois a envolveu em rendas lindas.

— De Burano, as de que ela mais gostava. Foi a maneira de levá-la para aquela cidade, onde ela queria morar no final da vida.

— Dia mais triste, amigo.

— Dia mais alegre. Neluce parou de sofrer. Semanas buscando o ar. E nada de nada. Os olhos saltavam da cara com o esforço. Não conseguia respirar, puxava o ar, nada vinha. Tentei respiração boca a boca, foi pior: ela me empurrou, gritando "Sai, sai, sai! Não faça isso, também vai ser contaminado!" Morria e se preocupava comigo...

— Pois nem vi a Heleninha partir. Não sei se sofreu, se teve dores. Estava na UTI, me chamaram ao hospital de campanha – aquelas merdas de barracas de lona, quentíssimas, sufocantes. Ali me entregaram um corpo. Não era o dela. Aturdido, olhei para a maca e para o homem que estava nela. Gritei: "Minha mulher não pode ser um homem, caralho!" Então, veja só, responderam sem nem me olhar: "Aqui dentro, seu porra de merda, ninguém mais sabe o que é homem, mulher, criança, trans, jovem, cachorro, sapo, gato, macaco – nada! Todos chegam com máscara, entubados." Heleninha não podia ser um homem, também no hospital estavam malucos. Continuei reclamando, disseram: "Se não é seu o corpo, deixa por aí. Coloca lá fora. Nada podemos fazer, temos de salvar gente, escolher quem morre." *Escolher quem morre*. Disseram assim, com a maior naturalidade. Fiquei mal. Via aqueles médicos, enfermeiros, assistentes, estudantes, residentes, voluntários, sem dormir, sem comer. Todos fora de si. Este morre, aquele não. E aquele lá?

Par ou ímpar?

Escolher no jogo de palitinhos na mão.

Una, duna, tena, catena. Saco de pena, vila, vilão, conte bem, que doze são.

Na moeda jogada para o alto, como juiz de futebol decidindo quem escolhe o lado do campo.

A mamãe mandou bater neste daqui.

Leva este, deixa aquele.

Esquerda vive, direita morre. Qual mão? Direita? Errou. Desligue o respirador.

Gritavam para mim: "Pegue sua mulher, se mande, leve". Para onde? "Para fora." Fora onde? "Para o campo dos mortos. Na porra de lugar que achar. Não venha encher nosso saco, nem sabemos mais o que estamos fazendo." Me mandaram então ao necrotério, "Vai ver se sua mulher está lá". Bagunça, mixórdia, centenas de corpos pelo chão. Centenas? Milhares! Soltos, empilhados, largados, de bruços, como se tivessem sido jogados, atirados. Uns pelados, outros esfarrapados, mutilados. Como achar alguém no meio daquilo? Andei de um em um. Heleninha. A gente sabe com quem viveu por 45 anos, todos os dias, acordou ao lado, deitou-se ao lado. Ela gostava de dançar ao som de Tony Bennett cantando "Tender is the night". Dançava forró ao som de Elba Ramalho, "Ciranda da rosa vermelha" ou "Sabiá" – "A todo mundo eu dou psiu, psiu, psiu... Sabiáááááááá!" Gozava de mim e colocava na vitrola Clara Nunes cantando "Você passa, eu acho graça", mas gostávamos mesmo era de "Chamego só", de novo com Elba Ramalho. Acho que fomos – fomos ou somos? – de outro tempo, por isso nunca entendemos estes dias. Eu sabia como achar a Heleninha. Seria pelo perfume – Fleur de Rocaille. Ou pela calcinha – será que estava com a azul, que sempre me deixava tirar? Passei por um sujeito, ele arfava, vivo, mas jogado ali entre os mortos. Fiquei doido: e se Heleninha estivesse viva? Daria tempo de salvá-la? Continuei a procurar, a cheirar cadáver, a mexer em cadáver. Havia de tudo – tudo. Vi amigos, conhecidos, uma vizinha de 28 anos – nem liguei. Rostos retorcidos pela dor. Ou pelo pavor? Será que se foram sabendo, pressentindo, que estavam morrendo e nada podiam fazer? Tive medo de que a Heleninha estivesse deformada, apavorada com a morte que se aproximava. Como será isso? Percebemos, intuímos, pressentimos, adivinhamos? É agoniante, pacífico, desejado, aterrorizador, o quê? Todos tinham sabido, assim como todos sabemos, que quem é gente vai. A cada dia são tantos, nem noticiam mais. Os negros foram primeiro, depois os chamados invisíveis, em seguida os idosos e deficientes, e os índios, os amarelos, os pardos, os alternativos, os ateus, os cheios de fé, os agnósticos, os filósofos, os celibatários, os casados, os viúvos, os solteiros, os democratas, os comunistas, os negacionistas, os cientistas, tudo o que existe no Brasil, no mundo, na raça humana. Não adianta, não tem escapatória. Podem se esconder, correr, voar, mergulhar no fundo do poço, do mar, se refugiar dentro de cofre-forte, na gaveta de banco suíço, na casa de miliciano, no rabo da saia da mãe, que ainda assim vão morrer. A Funesta vem, sabe, pega, leva. Fazia sol, eu estava exausto, o pátio onde estava era imenso, ligava-se a um descampado. Dava para ver a porteira – ou Portal, como você diz –, muito longe. Vi um trem chegar e partir, e outro, e um terceiro. Entendi aí que procurava a Heleninha fazia três dias, e os campos dos mortos se estendiam para longe da cidade, perdiam-se de vista. Ninguém tem ideia do tamanho, por isso ninguém cruza o Portal, eles sabem ou intuem o que há ali e preferem ignorar, não conhecer a verdade. Enormes extensões de campo, tudo aquilo ocupado. Éramos milhares a caminhar entre milhares de moribundos, agonizantes, mortos, cadáveres em decomposição, largados, batidos pelo sol. Eu, desesperado, gritava: "Heleninha! Heleninha!" Ouvia alguém responder, mas podia ser um engano, outra – a Heleninha não ouvia nada. Lembrei-me daquele filme antigo, *Titanic*, até fomos todos juntos ver, em 3D, lembra-se? Como elas gostaram, Neluce e Heleninha! E choraram quando veio a cena daquele oceano escuro, preto, cheio de mortos flutuando e vivos se debatendo, se afogando, querendo subir nos botes salva-vidas lotados. E os que estavam nos barcos batendo, empurrando para dentro d'água, rejeitando, repelindo, se recusando a deixar que se salvassem. Quebravam as mãos dos que se apoiavam nas bordas dos botes, viam aquele povo afundar e se alegravam, porque estavam vivos, naquele deserto de água povoado de gritos de socorro – ninguém, ninguém, ninguém estendia a mão para salvar. Foi assim, Evaristo, naquele pátio infinito de mortos. Mas era mais do que um pátio. Nem sei quanto andei. Acabava o chão cimentado e vinha a terra, os corpos sujos, cobertos de poeira, alguns com mato crescendo por cima, nem se viam os rostos, era impossível reconhecer. Nunca vou esquecer os que ainda mantinham os olhos abertos, mortos. E o cheiro mefítico, nauseabundo, pavoroso, fazia o nariz sangrar. Olhos sem luz, sem reflexos, nebulosos – será que depois de mortos continuamos a enxergar, ver, saber o que fazem em torno, e nada podemos fazer? Olhei um por um. Depois de um tempo, deixei de sentir o cheiro de podre, carne desintegrada, corroída. Foram dias e dias – ou foram somente algumas horas, cada minuto ou segundo uma eternidade? Não comi nem bebi nada. Também não senti: poderia ter ficado ali a vida inteira, a remexer um a um, magros, esqueléticos, bocas abertas, talvez querendo ainda um pouco de ar. E comecei a ver gente chegando, muita gente. "Heleninha, Heleninha, onde está você?" Gente demais, ia me atrapalhar, todos se atropelavam, também chamavam aos gritos, e o ar se encheu com os nomes de todos: Lilian, Carla, Márcia, Rita, Sueli, Ciça, Guido, Michel, Ivo, Luís, Aurora, Rodrigo, Pedro, Débora, Isadora, Ariel, Sábato, Ruffato, Rubem, Marco, Renato, Ângelo, Rose, Maria Isabel, Teresinha, Ursulina, Juca, Tico, Neném, Laís... "Laís!", eu ouvia, "A Laís dos olhos verdes da avenida Quinze!" De que cidade, de que estado, de onde neste Brasil? Olhos verdes, mortos, comidos. Dirceu, Sidney, Alexandre, Daniel, Fenerek, André, Stella, Eduardo, Du, Eulália, Orlando, Agnaldo,

Aguirre, Lola, Henrique, João, João, João, João, João, Carlão, Bento, Pituquinha, Adriano, Moisés, Haroldo, Frida, Amílcar, Jafé, Holofernes – se eu me chamasse Holofernes, não me levantaria... Iam rir de mim – Ulisses, Samuel, Absalão, Buck Mulligan, Linhares, Dorian, Tirso, Conceição – eu me lembro muito bem, vivia no morro a cantar... – Jovino, Samuel, Maria, Rosa – minha primeira namorada foi a Rosinha, meu melhor amigo tirou-a de mim; queria saber quem a chama, ver com quem ela ficou... – Nereide, Assunção, Francis Macomber, Julien Sorel, Vado, Afonso, Sérgio, Serafim, Riobaldo, Quincas, Bentinho, Pereira, Marcelo, Jonas, seria o mesmo, meu amigo? Foi quem me mandou ler *Luz em agosto*, de Faulkner, e acabou assassinado por um miliciano no Rio de Janeiro. Ouvia aquelas vozes em lamúrias, "Perdão, Rosamaria, não deveria ter batido em você, que Deus seque minha mão!", "Te amo ainda, Rosicler, te amo, volta para mim!", "Filhadeumaputa de biscate Marivalda, ainda bem que você se foi, traidora!", "Amo, amo, amo, quero ir com você, Luciana!" Mas já não havia ninguém vivo, a Funesta tinha feito seu serviço. Fui me perdendo em meio à multidão, andando sem direção, de costas para um sol que queimava, e mais e mais gente chegando e gritando nomes, querendo parentes, amigos, mulheres, maridos, amantes, noivos, noivas, gritando "Te perdoo, Bráulio, pelo que me fez!", "Te amo, Rosiska, foi tudo culpa do Marco – não, do Merval! Ou quem sabe do Cícero?", "Cláudia, peça o que quiser – dou, faço, mas volte!", "Onde estás, meu Deus?" Quem eram e o que teriam feito uns aos outros? E onde estava a Heleninha? Imaginei com horror que talvez estivesse viva e tivesse ido embora, para longe de mim, naquela noite de junho, quantos anos atrás? *Aquela* noite. Ela nunca me perdoaria. Fiquei mal, mal demais – sim, agora mais do que nunca precisaria achá-la. Desesperado, nem via os corpos espalhados, todos pisando em tudo e, se houvesse alguém vivo, teria morrido. E por que eu ouvia Isaura Garcia, de tantos anos atrás? Ou de ontem, porque sei que o tempo está recuando, e voltamos, voltamos... Evaristo, você que sempre me fala isso, voltamos a que momento? Será que voltei a um tempo antes de ter conhecido, namorado, casado, feito amor com a Heleninha? Antes de ter tido filhos, netos – ou ainda não tive, ainda vou ter? E se a Heleninha ainda não nasceu, portanto não está morta entre esses mortos? E, se ela vai nascer, vai ser para crescer, casar comigo, ter a Funesta e morrer? Todas essas coisas que existiram em nossas vidas em alguma época deste Brasil? Isaurinha Garcia cantando "E daí? E daí? E daí, por mais cruel decepção, eu continuo a te adorar, ninguém pode parar meu coração." Não, não, não... Sim, é ela, Heleninha, aqui está, o que faz aí? Venha comigo, vamos embora, levante-se, venha! Ninguém pisou em você, está inteira, Heleninha. Vamos com a Neluce e o Evaristo, venha, te apanho, te abraço. Não, este cheiro não é o teu, não é o perfume que você sempre usa quando vamos para a cama, você se perfuma e eu sei que vai ser bom, mas este cheiro é estranho, vou te embrulhar num lençol de cetim – você sempre gostou de cetim, quando eu passava a mão pelo seu corpo vestido de cetim era liso, e sentia sua carne dura. Cetim é bonito, chique, terno, sinal de respeito, adoração, alcovas de cetim, perfumes do Oriente, o teu perfume era do Oriente, adocicado, me excitava, "Venha, seja depravado", você me dizia. Solte o corpo, Heleninha, você pesa – o que houve? Fale comigo, onde esteve? O que fizeram com você? Veja quanta gente veio ao seu funeral! O que vão fazer com tantos mortos, meu amor? Durma, não precisa me responder, vou te levar para um lugar de sombra, Evaristo prometeu ir junto, tomara que tenha encontrado a Neluce, tão lindas vocês duas! Não, não olha, fica dormindo, você tem um cheiro estranho, horroroso. Não faz mal. Estou cansado, muito cansado, não sei se aguento te carregar. Caminho e descanso, caminho e descanso. Agora sinto, meu nariz não suporta este cheiro, asqueroso, mefítico – onde encontrei essa palavra? Já pensei nela duas vezes hoje – de milhões de corpos apodrecidos, deteriorados, decompostos, cloaca do mundo, os brasileiros transformados em esterco. Me leva contigo, amor! Me leva! Será que o Evaristo achou a Neluce? E vinham enfermeiros, médicos, residentes, voluntários, o que havia, trazendo e deixando mais corpos, mais e mais. Deixavam mais corpos do que eu teria tido tempo para achar. "Meu amor!", eu gritava, "Heeeleniiiiiinha!", mas ela não podia responder, sei que não podia, mas quem sabe aquele meu grito desesperado a ressuscitasse, a fizesse me ouvir, e ela erguesse um braço? Porque eu via uma e outra mão se erguer, corria lá, mas era ilusão provocada pelo sol, como as miragens do deserto. Eram apenas braços enrijecidos, em corpos que começavam a se desfazer dentro daquele cheiro espantoso, e a morte era isso, o cheiro que nos dilacerava.

QUAL O SENTIDO DA VIDA?

O sentido da vida é a própria vida. Isso pode parecer uma total trivialidade – mas, para a maioria das pessoas, é um escândalo. Pouquíssimas pessoas conseguem viver pensando que o sentido da vida está na vida e, vou dizer mais, é a própria vida.

Contardo Calligaris

Amado Evaristo,

Deixar este bilhete para você é a última coisa que faço. Ele estava escrito fazia anos, guardei, mas, quando a Funesta me pegou, vi que não ia resistir e providenciei para que ele chegasse às tuas mãos. Aí está o que Contardo disse. Você teve ciúmes, inutilmente, porque nunca houve nada, mas nada de nada, entre nós. Foi você quem nos apresentou no restaurante Ritz, enquanto esperávamos a moqueca de camarão, prato dos domingos. Trocamos alguns e-mails, um deles me emocionou muito, e ficou nisso. Imagina quantos anos atrás! Era um homem inteligente, sedutor, bom amigo. Foi embora tão cedo! Aquela frase que li dele e muito me ajudou, deixo para você. Lembrando que em toda a nossa vida juntos, você e eu, nossa bela vida, se não recebi um bilhete assim, nunca esqueci Burano, nem o "Libertango" na madrugada, nem meu jeans rasgado nas coxas na lanchonete Longchamp, com você olhando o tempo inteiro para minha pele, morena de sol, o *negroni* de Atenas e tudo o que me fez suportar a vida. Te amo.

Neluce

BRASIL, O FOGO-FÁTUO

Depois que o Solar Orbiter chegou a 77 milhões de quilômetros do Sol e enviou imagens nunca antes vistas da superfície daquela estrela, a sonda espacial voltou a operar tempos depois, só que fotografando a Terra. Súbito, os observadores se assustaram com a visão de um país da América Latina em chamas, seus limites perfeitamente delineados. Cientistas ficaram atônitos:

— Parece o Brasil!

Os mais sábios informaram:

— Não parece – é!

— Será a Amazônia?

— Não, é mais, muito mais. É todo o território hoje denominado Desolado Branco.

As fotos correram mundo, houve troca de informações entre redes e cientistas. Soube-se que, naquele momento, acontecia o fenômeno conhecido como fogo-fátuo, que sempre despertou pavor nas populações interioranas: estreitas chamas azuis e amarelas subiam das 222 milhões de sepulturas caiadas, alvas, que cobrem o país e fazem o Brasil ser conhecido como Desolado Branco. Com pouquíssimos trechos em que ainda havia cidades e pessoas, todo o resto era branco como a Antártica, sem ser congelado.

Tinha-se chegado àquele número espantoso de sepulturas pouco depois que o Destemperado, como era chamado, deixou o palácio levando seus filhos univitelinos e um acompanhante habitual, o Homem Invisível, que todos sabiam ser o milésimo terceiro ministro da Saúde fracassado. Abandonado o jet ski, o cavalo e a moto usuais de todas as manhãs, o homem passou a circular pelos ares em anacrônica carruagem, puxada por gigantescas emas selvagens de bico afiado que antes pastavam no Cerrado. Julgando-se o mito Faetonte a conduzir o carro alado do sol, o Capitão, com a força de seus pulmões mofados, exortava:

— Coragem, gente! Vamos tocar a vida e buscar uma maneira de nos safar desse problema. Façam como faço, o possível e o impossível contra essa pandemia. Todos vamos morrer um dia. E daí?

E os destaques de seu carro alegórico completavam: *E daí? E daí?/ E daí, por mais cruel decepção,/ Eu continuo a te adorar./ Ninguém pode parar meu coração,/ Que é teu, somente teu,/ Todinho teu.*

Num desses momentos, houve o clímax do fenômeno registrado pelo Solar Orbiter, delineando-se perfeitamente em fogo o mapa de 8,5 milhões de quilômetros quadrados. Era, explicaram cientistas, a primeira vez que o fenômeno do fogo-fátuo acontecia em tal intensidade. Ele costuma ocorrer na superfície de pântanos e, principalmente, em cemitérios. Quando um corpo entra em decomposição, dá-se a liberação de gás metano, que se concentra e, então, sofre combustão espontânea, com chamas azuladas de 2 a 3 metros de altura. Se os cemitérios são gigantescos, como este que tomou todo o território brasileiro com os 222 milhões de mortos pela Praga Funesta-19, o fogo-fátuo surge intenso, e as chamas iluminam enormes extensões.

As fotos provocaram maravilhamento e horror e foram incluídas entre imagens icônicas da história universal. Como a da jovem médica libanesa Israa Seblani na véspera do casamento, tirando fotos vestida de noiva, um buquê de flores na cauda do vestido, e sendo varrida pelo deslocamento de ar na explosão do porto de Beirute, em agosto de 2020. Ou o Dilúvio bíblico visto por Gustave Doré, em 1866. Ou o Sol quando fotografado em 2020, parecendo um *grapefruit* vermelho. Ou o homem ao pisar na Lua pela primeira vez, em 20 de julho de 1969.

Nenhuma tão icônica para o futuro do mundo como as imagens dos *boeings* atravessando as torres gêmeas de Nova York, naquela manhã de 11 de setembro de 2001.

Lembraram-se ainda momentos como o 12 de abril de 1961, quando Iuri Gagarin, astronauta russo e comunista, fez poesia ao declarar:

— A Terra é azul.

Também a Terra nascendo, filmada a bordo da Apollo 8 em dezembro de 1968 – sete meses depois da igualmente icônica rebelião estudantil de maio daquele ano, em Paris.

O gato do drogado e *beatnik* William Burroughs, dormindo sereno no colo daquele autor, sem data.

As explosões atômicas e a nuvem mortal cogumelo em Hiroshima e Nagasaki, em agosto de 1945.

As montanhas de cadáveres nos campos de concentração alemães, naquele mesmo ano.

Crianças fugindo dos bombardeios no Vietnã, com a menina Phan Thi Kim Phuc nua, toda queimada pelo napalm, em 1972.

Lama e água devastando Brumadinho, em 2019, e depois Petrópolis, em 2022, no Brasil, chuvas torrenciais, com os governadores declarando: "Nada podemos fazer contra a água, ela destrói, é imprevisível".

A nave Challenger explodindo um minuto após o lançamento, em 1986.

O formigueiro humano em meio à lama de Serra Pelada, foto de Sebastião Salgado, também em 1986.

O muro de Berlim sendo construído em 1961, dividindo a Alemanha em duas partes, *you are leaving the american sector*.

No Sudão, uma criança está morrendo de fome enquanto um abutre espera para devorá-la, em 1993.

Einstein mostrando a língua para o mundo, em 1951.

O primeiro ultrassom de um feto humano, com dezoito semanas, em 1964.

O estudante chinês parado diante de um tanque de guerra, na praça da Paz Celestial, em 1989.

A moça colocando um cravo vermelho no cano de um fuzil, em Lisboa, em 25 de abril de 1974.

O vídeo mostrando a chegada da suíça Gabrielle Andersen, completamente extenuada, tropeçando, quase desmaiando e recusando ajuda no final da Maratona nas Olimpíadas de Los Angeles, 1984, exemplo supremo de resistência e obstinação.

A saia de Marilyn Monroe esvoaçando sobre o respiradouro do metrô de Nova York, em 1955.

Os refugiados do Afeganistão tentado fugir do Talibã pendurados no trem de aterrissagem e nas turbinas de um cargueiro norte-americano no aeroporto de Cabul, em 2021.

Cleo Pires nua na *Playboy*, em 2010, com uma frase tatuada na coxa: "Esquecer os nossos caminhos que nos levam sempre aos mesmos lugares".

ENFIM O TREM CHEGA E PARTE

Estava sozinho quando vi o trem chegar. Estou mal ao dizer que estava sozinho. Tenho dito e repetido isso ao longo dos anos, todos sabem, todos me ouviram falar, talvez seja uma forma de afugentar o horror que tenho de estar só.

Há tempos estou sozinho, mas a solidão não dói. Não dói nada. Mentira: ela me rasga, meu medo é morrer, e sei que não posso fugir, quase não há mais ninguém à minha volta. Agora que comecei, digo mais: meu maior medo, e ponha medo nisto, é mergulhar no labirinto do Alzheimer, como dezenas de pessoas que conheço. Horror de ficar confuso, misturar lembranças, trocar nomes, confundir rostos. Outro dia, estremeci: vi Neluce e não a reconheci, chamei-a por outro nome, ela me olhou, viu o que tinha acontecido, e uma sombra me ocultou seu rosto, não a vi mais. Tive medo, será que a confundi com a Anna com dois enes? Por que há imagens que não se desgrudam de nós, se nada mais significam?

Tive um suspiro de contentamento quando vi o trem. Estou com desconhecidos, o que significa estar sozinho num descampado, que pode ser deserto, caatinga, o que for. A cidade em que morei toda a minha vida desapareceu. Não sei se sou o primeiro ou o último homem de São Paulo, de Araraquara, de Brotas, de Bishkek, de Areia, de Aquiraz, do Agreste, do Ponto Nemo, de Naga ou Tristão de Cunha, talvez dos Lençóis Maranhenses. Será que lá os mortos estão sepultados sob as areias e, se o vento fustigar com violência, teremos os corpos expostos?

O trem parado está silencioso. Não ouço o resfolegar da locomotiva, nem o ruído do motor a diesel. Esta calma me assusta. Quero ir embora, é tudo o que desejo. Só pode ser para lá – se recuarmos mais, aonde vamos chegar? A "terra vazia e vaga, com as trevas cobrindo os abismos e um vento a pairar sobre as águas", no Gênesis? Mas e o *Big Bang*? E a evolução?

Nada em volta, nenhum daqueles prédios monumentais que por anos abrigaram moradias modernas com vinte, dezessete, catorze, oito, seis metros quadrados, os caixotes em que se vivia. Até chegarmos a um caixão de um metro e oitenta centímetros de comprimento por quarenta e dois centímetros de largura. O Portal apodrecido está ali, e o trem acaba de chegar. O que é esse Portal? Fazia anos que o trem não vinha.

Sabia que o tempo no Brasil estava recuando, mas tanto? Chegamos ao princípio de tudo? Não vi Idade Média nem Renascimento, não soube dos *hippies*, de Woodstock, da fuga da corte portuguesa para o Brasil, do Iluminismo, da Reforma, da Rússia de 1917, do mundo em 1968. Se houvesse lógica, eu deveria estar nu, morando numa caverna ou em cima de uma árvore. Tenho certeza de que não enlouqueci, porque penso, raciocino, tenho reflexos, tenho medo, tenho memória daquele futuro em que vivi, daqueles anos. Seria mesmo o passado transformado em futuro? Ou me confundi? Onde me confundi? Ou estou certo? Melhor seria ter morrido e não ter mais dúvidas. E, se morri, vou encontrar Neluce, que deve estar por aqui. Melhor ficar, portanto.

Aqui estou neste descampado, com minha banca de coisas inúteis, sem ninguém para comprá-las. Para quê? Por que estou vivo, eu que nem via mais sentido em viver? Estou vivo porque estou tomado de imensa curiosidade. Portanto ainda sou humano. O que é um humano? Para que serve? Como regressamos no tempo? Por que, para que, o que será? Não posso responder, tive poucos estudos, ainda que tenha lido muito. Não há mais filósofos, nem cientistas, pesquisadores, antropólogos, historiadores, arqueólogos, economistas, cientistas políticos e sociais – enfim, todos os estudiosos aniquilados pelo que foi chamado de negacionismo. Acabaram com todos, já estavam desaparecendo naquele longínquo 2019 que se estendeu até quando? Em que ano estou?

Um homem troncudo, pedaço de pau na mão, cabeludo, desgrenhado, barbudo, como que uivando, gemendo, dando passos esquisitos ronda o trem. Meio humano, meio animal. Mas ele me parece conhecido. Vagamente. Vão chegando os outros, um a um, e nenhum de nós parece surpreso nem fica contente. À medida que piora ou melhora, a gente se adapta, a anormalidade passa a ser a normalidade.

— O trem chegou. Você viu chegar?

— De manhãzinha.

— Vai nele?

— Todos vão.

— Melhor esperarmos para ver se chega mais gente. Assim fazemos um grupo.

— Para onde irá esse trem?

— Para onde for, temos de ir, sair deste lugar.

— O senhor também acha que estamos vivendo no antes?

— Quem disse isso? Antes?

— Dona Heloisa. De um grupo de mulheres que vem vindo. Heloisa, Lili, Rosiska, Djamila, Flávia, Lívia, Marina, Tati, Natuza, Rita, Tabata, Marielle, Catarina da Rússia, Ana Miranda, Fernanda, Albertina, Márcia, Luciana, madame Curie, Clarice, Anitta, Simone.

Também alguns homens: Anaxágoras, Hutton, Berzelius, Darwin, Gamow. Todos vão chegando e embarcando. Darwin conversa com Heloisa e Laurentino, Clara Charf tem um olhar maroto para os dois. O que ela pensa?

Chamo Heloisa:

— Aquele tipo esquisito ali. Me parece conhecido. O que acha?

— Tem cara de ser um homem de Neandertal.

— Será que recuamos tanto, tanto?

— Estive há pouco com o Walter Neves, o antropólogo mineiro, aquele da Luzia. Ele me disse que tudo indica que a época é neandertal.

— Espere! Meu Deus, não é possível. Não pode ser.

— Não pode ser o quê?

— Esse homem. É ele! Que horror!

— Que homem?

— Aquele ali, o de Neandertal. É ele, olhe bem. É pior. O que faz aqui? É ele. Nunca vamos nos livrar? Pior, muito pior. Olhe bem. Meu Deus. É ele!

— Ele quem?

— O homem que nos afundou na Pré-História.

— O Destemperado?

— Isso, o Desatinado.

— Não tinha desaparecido em um carro de fogo?

— Carro de fogo? Mentiras, mitos. Falácias. Carro de fogo? Acaso ele é mito? Alegorias? É Carnaval? Lendas, meu caro. *Fake news*. É ele, ali.

— Vai com a gente? E se não deixarmos?

— Impedi-lo? Seria mudar a história. A história não se muda, nem se revisa, nem se nega.

Chega mais gente. Trem vazio, mofado. As mulheres se impacientam.

— Vamos ou não vamos partir?

— Alguém vá ver se tem maquinista!

Albertina e Lili vão e indagam com firmeza:

— Saímos ou não? Está esperando o quê? Não tem horário, não?

O maquinista, com ironia:

— Não tem é combustível. Acabou tudo na viagem de vinda.

— E agora?

— Temos de esperar que inventem o fogo. Ou a caldeira a vapor. Quem sabe a eletricidade, o diesel, o etanol, a energia eólica e a solar. Ou mesmo a energia nuclear. Mas até tudo isso voltar...

— Chegamos a isto? Negaram tanto, tanto, que aqui estamos?

— Para sair, só puxando. Mas já vi que aqui há quase só mulheres.

— O senhor não imagina a nossa força. Não tem ideia.

— Se é assim, que se arranjem aí.

Para que se atenue o peso, resolvem desengatar todos os vagões menos um, junto à locomotiva. Vou buscar cordas em meus galpões de acumulação. Nós nos organizamos. Locomotiva e vagão pesam demais, mas somos tomados por uma força singular, tal o desejo de sairmos do passado. Amarramos as cordas no limpa-trilhos, o primeiro grupo puxa, assombrosamente sem demasiado esforço, as rodas deslizam.

Neste momento paramos, curiosos, ao vermos a nos sobrevoar um dinossauro parecido com gigantesca galinha. E surgem dois dinossauros terrestres e bípedes, um *Irritator challengeri* de 8 metros e um *Vespersaurus paranaensis* muito menor, mas de aspecto mais feroz. Todos identificados por uma professora, amiga do cientista político Sérgio Abranches, especializada em paleontologia. Os três dinossauros seguem nossa caravana com curiosidade. Abranches comenta:

— Jamais viram um humano. Não sabem o que somos, estão nos avaliando para ver se atacam. Ficam assuntando, receosos, calculistas. Por sorte, não sabem o tremendo perigo que é um humano. Antes que descubram, vamos sair rápido!

O microtrem continua sua marcha vagarosíssima, envolvido por estranhos guinchos e rugidos. Neste momento, soubemos, tinha recaído sobre o mundo o silêncio da aflição, tudo se tornou muito lento, gestos pesados, quase impossíveis. Alguém, com um esforço sobre-humano alertou:

— Acenderam o letreiro de destino! Sabemos para onde vamos: para o Depois! Força, gente, que a viagem de volta pode demorar cem anos! Ou quem sabe mil? Talvez milhões de anos.

NÃO ESTOU TRISTE E NÃO PERDI A CORAGEM. A vida é sempre vida, não importa onde se esteja; a vida está em nós mesmos e não no mundo exterior... Mas ainda tenho um coração, da mesma carne e sangue, que pode amar, e sofrer, e sonhar – e, lembre-se, tenho ainda a minha vida!

On voit le soleil!

Dostoiévski ao seu irmão Mikhail, em carta enviada da fortaleza de Pedro e Paulo, em São Petersburgo, em 22 de dezembro de 1849, após o escritor ter enfrentado o pelotão de fuzilamento, cancelado no último segundo, quando as armas estavam apontadas para seu coração.

(Toca do Moinho Cangalha.
Aiuruoca, Minas Gerais,
abril de 2022.)

Biografia

Ignácio de Loyola Brandão nasceu em Araraquara, São Paulo, em 1936. Jornalista e escritor, passou pelas redações de *Última Hora*, *Claudia*, *Realidade*, *Planeta*, *Lui*, *Ciência e Vida* e *Vogue*. Tem mais de 40 livros publicados entre romances, contos, crônicas e infantojuvenis. Entre seus romances mais conhecidos, estão *Não verás país nenhum* e *Zero*. Seus livros foram traduzidos para o inglês, alemão, espanhol, húngaro, tcheco e coreano. Com o infantil *O menino que vendia palavras*, ganhou o Prêmio Jabuti de Melhor Livro de Ficção de 2008. Seu livro *Os olhos cegos dos cavalos loucos* também venceu o Prêmio Jabuti, 2015, na categoria Melhor Livro Juvenil. Em 2016, recebeu, pelo conjunto da obra, o Prêmio Machado de Assis, da Academia Brasileira de Letras, da qual se tornou membro em 2019, após ser eleito para ocupar a cadeira 11, em sucessão a Hélio Jaguaribe. Também integra a Academia Paulista de Letras. Venceu, em 2019, o Prêmio Juca Pato (Intelectual do Ano), promovido pela União Brasileira de Escritores, e em 2021 a Universidade Estadual Paulista (Unesp) lhe conferiu o título de doutor *honoris causa*.